C000061789

Bagriy & Co.

Ветеран русско-американской журналистики, работавший ещё с Сергеем Довлатовым в легендарном «Новом американце», Алексей Орлов десятилетиями штудирует труды по истории США и осведомлён по этой части больше, чем любой из наших коллег. Последним результатом этих штудий явилась лежащая перед вами книга, которую я прочёл, не отрываясь.

Владимир Козловский, Нью-Йорк,
журналист

Если бы меня спросили, кто из журналистов, эмигрировавших в Америку из Советского Союза, может набраться смелости — написать книгу по американской истории, я назвал бы Алексея Орлова. Он приехал в Америку в зрелом возрасте и занялся тем, чем ранее никогда не занимался — историей Соединённых Штатов. Занялся и преуспел. Сужу об этом и по его книге, и по его статьям в газете «Панорама». Едва ли не каждую политическую проблему сегодняшнего дня Орлов рассматривает через призму истории, и диву даёшься, как он знает историю.

Евгений Левин, Лос-Анджелес,
издатель газеты «Панорама»

За три десятка лет, которые мы с Алексеем Орловым трудимся в русскоязычной прессе Америки, я не встречал хотя бы ещё одного человека, который бы так же страстно любил и знал американскую историю. Журналистика невозможна без исторических ссылок и в доинтернетовскую эпоху Орлов выполнял в редакции «Нового русского слова», где мы тогда трудились, функцию «Википедии»: даты, места, имена, скандалы, покушения, ограбления, разоблачения... Когда речь заходила о Гражданской войне 1861–1865 годов, он, побывавший в местах походов и битв армий Конфедерации и Союза, рассказывал о них как участник событий. И в этой книге Алексей Орлов с присущим ему энтузиазмом открывает читателю интереснейшую историю о проклятии знаменитого индейского вождя Текумсе, которое приобретает особую значимость именно сейчас, когда завершается очередной двадцатилетний цикл этого странно и упорно повторяющегося несчастья американских президентов.

Вадим Ярмолинец, Нью-Йорк,
писатель, журналист

АЛЕКСЕЙ ОРЛОВ

ТЕНЬ
ПРОКЛЯТИЯ
ТЕКУМСЕ
НАД БЕЛЫМ ДОМОМ

Bagriy & Company
Chicago • Чикаго
2020

Alexei Orlov
THE SHADOW OF THE TECUMSEH CURSE OVER THE WHITE HOUSE
(Russian Edition)

Алексей Орлов
ТЕНЬ ПРОКЛЯТИЯ ТЕКУМСЕ НАД БЕЛЫМ ДОМОМ

ISBN: 978-1-7344460-5-0

Library of Congress Control Number: 2020932852

Edited by Alexander Matlin
Proofreading by Aliya Lenivets
Book Design and Layout by Yulia Tymoshenko
Book Cover Design by Larisa Studinskaya and Alexander Okun
Illustrations Selected by Lyudmila Okun

Литературный редактор: Александр Матлин
Корректор: Алия Ленивец
Компьютерная вёрстка, макет: Юлия Тимошенко
Обложка: Лариса Студинская, Александр Окунь
Подбор иллюстраций: Людмила Окунь

Иллюстрации в тексте — *Wikimedia.org*

Bagriy & Company
Chicago, Illinois, USA
www.bagriycompany.com

Printed in the United States of America

Содержание

Брату Мише

ВЕЛИКИЕ ВОЖДИ
УМРУТ ДОСРОЧНО

Бьюсь о заклад: девять из десяти выпускников американских школ вряд ли знают что-либо о девятом президенте США Уильяме Генри Гаррисоне. Среди тех, кто знает, большинство — девять из десяти — скажут, что он был, во-первых, самым старым до Рональда Рейгана президентом, во-вторых, пробыл на посту меньше всех других, считанные дни, и, в-третьих, президентом был его внук. Да, действительно, 4 марта 1841 года, в день инаугурации, Гаррисону было 68 лет, а Рейгану в день инаугурации было 69. Гаррисон скончался через месяц после инаугурации — 4 апреля. Бенджамин Гаррисон, двадцать третий президент США, был внуком девятого. Но лишь единицы, главным образом профессиональные историки, знают, что с именем Уильяма Генри Гаррисона связано завоевание американцами громадной территории в районе Великих озёр, на которой ныне располагаются шесть штатов — Висконсин, Иллинойс, Индиана, Миннесота, Мичиган и Огайо.

Согласно Парижскому договору, положившему в 1783 году конец войне Британии с её северо-американскими колониями, эта огромная территория переходила во владение новой страны — Соединённых Штатов Америки. Американцы считали эти земли наградой за победу в Войне за независимость. Будучи подданными британской короны, они не имели права посягать на эти земли, потому что в 1763 году король Георг III издал указ, запрещающий колонистам селиться к западу от Аппалачских гор. Предприниматели-энтузиасты из английских колоний Виргиния и Пенсильвания нарушали этот запрет, их манили земли и леса к западу от Аппалачей. Преградой к освоению колонистами этих мест были и жившие там веками индейцы. Когда 13 колоний провозгласили независимость от британской короны, большинство индейских народов стали союзниками Англии. Индейские вожди знали, что произойдёт в случае победы восставших. Их опасения сбылись. Как только война закончилась, указ английского монарха уже не мог служить препятствием для жителей не подвластных теперь ему Соединённых Штатов. Началось наступление американцев на земли коренных жителей.

Завоеватели (будем называть вещи своими именами) не изгоняли индейцев силой. Они вступали с вождями в переговоры, убеждали их продать ту или иную часть территории и обещали мирное сосуществование. Число подобных договоров исчислялось десятками. Покупатели нарушали каждый. Они не платили за приобретённую землю и продолжали — аппетит приходит во время еды — продвижение на запад. За одним нарушенным договором следовал очередной. Вооружённые столкновения стали частью повседневной жизни. Жертвами были не только мужчины. И краснокожие, и бледнолицые не щадили женщин и детей.

Отношения между пришельцами и индейцами иллюстрирует реклама в газете «The Centinel of the North-Western Territory», издававшейся на территории будущего штата Огайо в городе Цинциннати. В мае 1794 года в одном из номеров объявлялось: кто первым доставит в газету десять скальпов индейцев, получит награду в 136 долларов. Тому, кто будет вторым, реклама обещала 117 долларов. Газета информировала: наградит каждого, кто убьёт индейца, укравшего у поселенцев лошадь.

Вожди нескольких индейских народов заключили договор о создании союза для совместных переговоров с американским правительством. Союз вошёл в историю как Конфедерация Текумсе, по имени вождя народа шоуни, с девятилетнего возраста геройски сражавшегося с бледнолицыми. Во время Войны за независимость Текумсе — «Падающая Звезда» на языке шоуни — воевал на стороне англичан. Когда в 1783 году, после окончания войны, вожди нескольких индейских народов заключили союз для совместной борьбы с американцами, они единогласно избрали своим лидером Текумсе. Ему было 15 лет. В первые годы XIX века закалённый в боях Текумсе часто вёл переговоры о мире с Уильямом Генри Гаррисоном, которого Джон Адамс назначил в 1800 году, в последние дни своего президентства, губернатором территории Индиана. Томас Джефферсон, сменивший Адамса, оставил в силе решение предшественника.

«Вероятно, один из самых красивых мужчин, которых я когда-либо видел. Рост около шести футов (183 сантиметра), стройный, с прекрасными чертами лица»,— писал о Текумсе помощник Гаррисона, свидетель переговоров. Текумсе в совершенстве владел английским, читал

Текумсе, вождь народа шоуни

и писал, а также говорил по-французски. «Если бы он не оказался в центре продвижения американцев на Запад, то основал бы, возможно, империю, которая прославилась бы, как империи (индейцев) в Мексике и Перу»,— говорил Гаррисон о Текумсе.

Во время переговоров Текумсе обычно отказывался от предложенного ему стула, садился на землю.

«Черпаю силу»,— объяснял он. Переговоры заканчивались очередным соглашением, которое нарушалось, как и все предыдущие. Американцы и индейцы не сомневались: быть большой битве.

В 1808 году индейцы шоуни заняли район, который, согласно договору, принадлежал американцам. В устье реки Типпекану они основали поселение Профетстаун, то есть Город Пророка (в районе нынешнего города Лафейетт, штат Индиана). Поселение было названо в честь младшего брата Текумсе — Тенскватавы, что на языке шоуни значит «Открытая Дверь». Младший брат являл собой полную противоположность старшему. Старший снискал славу в сражениях. Младший заслужил её врачеванием, проповедями и предсказаниями. Тенскватаву объявил себя пророком — Prophet — после того, как предсказал в 1806 году солнечное затмение. Остаётся тайной, как ему это удалось. Предполагают, что ему рассказали об этом обосновавшиеся в Канаде англичане, с которыми шоуни поддерживали постоянный контакт.

Профетстаун был громадной, по индейским стандартом, деревней: около двухсот вигвамов, включая вигвам для совещаний, вигвам-больницу, вигвам-гостиницу. Здесь жили сотни семей нескольких индейских народов, не только шоуни. Но командовали Текумсе и Пророк. Они требовали не нарушать мира с живущими неподалёку бледнолицыми. Молодёжь нарушала. Обычно крали у поселенцев скот и лошадей. Случались кровавые стычки. В 1810 году Гаррисон, губернатор территории Индиана, отправил Пророку послание: «Я знаю, у вас смелые воины. Наши не менее смелые». И Гаррисон предупредил: у него воинов больше. В конце лета 1811 года та и другая стороны знали: крупного столкновения не избежать.

Утром 6 ноября армия Гаррисона, насчитывавшая около тысячи солдат — профессионалов и добровольцев — разбила лагерь неподалёку от Профетстауна. Текумсе был в это время далеко на юге, отправился за пополнением своей армии. Перед отъездом наказал брату: пока не вернётся, вести с американцами переговоры, избегать вооружённых столкновений. Пророк ослушался, уверенный, что накликал на белых беду. В ночь с 6 на 7 ноября индейцы напали на погружённый в сон лагерь американцев, перебили посты и приступили к резне в надежде прикончить пришельцев до рассвета. Этого не случилось. Когда рассвело, превосходящие по численности американцы перешли в атаку. В полдень 7 ноября Гаррисон праздновал победу. Он потерял 62 воина, раненых было 126. Точное число убитых и раненых индейцев неизвестно. Профетстаун опустел ещё до того, как сражение закончилось. Гаррисон приказал сжечь поселение.

До сражения при Типпекану губернатор территории Индиана был малоизвестной в стране фигурой. Победа прославила 38-летнего Гаррисона и способствовала его политической карьере: депутат Палаты представителей, депутат Сената, президент США. Политической карьере Гаррисона способствовало и его участие в войне с Англией, вошедшей в историю как Война 1812 года, хотя продолжалась она официально до декабря 1814 года, когда в Генте (Бельгия) был подписан мирный договор. Но сведения о мире не сразу достигли берегов Америки, и фактически война закончилась только в январе 1815 года, после того, как американская армия под руководством Эндрю Джексона разгромила англичан под Новым Орлеаном.

В начале войны Гаррисон возглавил американскую армию в районе Великих озёр, и судьба снова свела его с Текумсе. Летом 1812 года насчитывавший всего 400 воинов отряд шоуни сыграл решающую роль во взятии англичанами американского форта Детройт, и Текумсе был произведён в бригадные генералы британской армии. Спустя год, 5 октября 1813 года американцы атаковали англичан в Канаде на берегу реки Темза. Англичане не пожелали противостоять превосходящим силам, отступили, а индейцы продолжали сражаться. В бою Текумсе был убит.

Смерть Текумсе

Текумсе прославился не только как боец и вождь, но и как оратор, умевший вдохновлять своих воинов. Однажды он обратился к ним перед сражением с такими словами: «Когда придёт время умирать, не будь подобен тем, чьи сердца наполнены страхом смерти настолько, что, когда приходит их час, они жалобно плачут и молят дать им ещё немного времени, чтобы иначе прожить свою жизнь. Спой свою песнь смерти и умри как герой, возвращающийся домой».

Прошло два с половиной десятилетия, и в 1836 году Гаррисон стал кандидатом в президенты. Узнав об этом, Пророк объявил: «Гаррисон не победит в этом году и не станет Великим Вождём. Но он может выиграть в следующий раз. И если выиграет, не закончит правление. Он умрёт на своём посту...» Пророку тут же заметили, что великие вожди — президенты — не умирают на своём посту. «Но Гаррисон, говорю я вам, умрёт,— продолжал Пророк.— А когда он умрёт, вы вспомните смерть моего брата Текумсе. Вы думаете, что я потерял свою мощь. Я, кто вызывал затмение солнца и кто отучил краснокожих от огненной воды. И я скажу вам: Гаррисон умрёт. И после него умрёт каждый Великий Вождь, выбранный через 20 лет. И каждый раз, когда Великий Вождь будет умирать, пусть все вспомнят гибель нашего народа!»

Отучил ли Пророк индейцев от огненной воды, виски, это спорно. Но вот что бесспорно. В 1836 году Гаррисон, как и предсказал Пророк, потерпел поражение на выборах. Он был избран президентом в 1840 году и, как предсказал Пророк, скончался на своём посту через месяц после инаугурации. И такой же стала судьба президентов, побеждавших на выборах каждые двадцать лет после «президентской победы» Гаррисона:

1860 год: Авраам Линкольн смертельно ранен и скончался в апреле 1865 года, спустя месяц после второй инаугурации;

1880 год: Джеймс Гарфилд скончался в результате покушения в сентябре 1881 года, через шесть месяцев после инаугурации;

1900 год: Уильям Мак-Кинли стал жертвой покушения и скончался в сентябре 1901 года, спустя шесть месяцев после второй инаугурации;

1920: Уоррен Хардинг умер от инфаркта в августе 1923 года, в третий год президентства;

1940: Франклин Делано Рузвельт умер в апреле 1945 года, через три месяца после четвёртой инаугурации;

1960: Джон Кеннеди убит террористом в ноябре 1963 года, через два года и девять месяцев после инаугурации;

1980: Рональд Рейган тяжело ранен при покушении в марте 1981 года, через два месяца после инаугурации;

2000: Не взорвалась граната, брошенная покушавшимся в Джорджа Буша 10 мая 2005 года в Тбилиси;

2020:?

Пророк проклял великих вождей, президентов США, от имени Текумсе, своего старшего брата, и проклятие лишь дважды дало осечку: Рейган и Буш. Рана Рейгана могла быть смертельной в XIX веке, и медики уверены, что во второй половине XX века врачи спасли бы Гарфилда и Мак-Кинли. Что касается Буша, то, может быть, в XXI веке истёк срок проклятия Текумсе. Может быть. Но не будем забегать вперёд.

Эндрю Джексон
Неудавшееся покушение

30 июня 1835 года безработный маляр Ричард Лоуренс совершил покушение на президента Эндрю Джексона. Джексон был седьмым президентом Соединённых Штатов, и он стал первым президентом, на которого было совершено покушение. Первым, но не последним. Четыре президента погибли в результате покушения. Двое были ранены. Одиннадцать не пострадали.

Когда знакомишься с этими цифрами, невольно задаёшь себе вопрос: «Не в сумасшедшей ли стране мы живём?» Но, покопавшись в фактах, убеждаешься, что покушения на политических деятелей — неотъемлемая часть истории человечества. Гай Юлий Цезарь был убит 15 марта 44-го года до Рождения Христа. Жан-Поль Марат, убитый 13 июля 1793 года, — не первый политик современной эпохи, погибший в результате покушения. Российский император Пётр III был убит до него, а российского императора Павла I убили чуть позднее.

Политические убийства — явление обычное. Но в этой книге речь пойдёт, во-первых, исключительно о политических убийствах и покушениях в Америке, и, во-вторых, только о покушениях на президентов.

Принято думать, что в Америке убить проще, чем где бы то ни было, поскольку здесь разрешена продажа оружия. Да, действительно, вторая поправка к Конституции гарантирует каждому американцу право на владение оружием. В ней так и записано: «...Право народа хранить и носить оружие не должно ограничиваться».

«Вот где собака зарыта»,— утверждают противники второй поправки, уверенные, что если бы в Америке, как во многих других странах, продажа оружия была бы запрещена, то и убийств было бы во сто крат меньше. Но это далеко не так.

«Если оружие объявить вне закона, то только человек, объявленный вне закона, будет владеть оружием». Это справедливо не только для Америки.

Обратимся к демократическим странам, где продажа оружия запрещена или ограничена. Оставим в стороне военные хунты, авторитарные и тоталитарные режимы, а также страны с неустойчивыми правительствами.

Италия, безусловно, демократическая страна. Легально купить оружие в Италии нельзя. Закон это запрещает. И в столице этой законопослушной страны утром 16 марта 1978 года был похищен Альдо Моро, один из ярчайших политиков послевоенной Италии, бывший в течение шести лет премьер-министром. Он направлялся в парламент под защитой пяти телохранителей. Телохранители были убиты. Спустя полтора месяца, 9 мая, тело бывшего премьера было обнаружено в Риме в багажнике машины, припаркованной между штаб-квартирами двух крупнейших политических партий.

Моро убили террористы коммунистической организации «Красные бригады», которые были объявлены вне закона.

Если пример демократической Италии не убеждает, то, наверняка, может быть примером не менее демократическая Швеция. Вечером 28 февраля 1986 года по одной из центральных улиц столицы страны, Стокгольма, мирно шли премьер-министр Олаф Пальме и его жена Лисбет. Они возвращались из кинотеатра домой. Без охраны. Да и нужна ли была охрана премьеру в стране, где запрещена продажа оружия? Покушавшийся напал на супругов сзади. Сначала выстрелил в голову премьеру, затем — в его жену. Пальме был смертельно ранен. Жена не пострадала. Через два года после покушения был арестован некий Кристер Петерссон. Его судили, признали виновным и отправили за решётку. Апелляционный суд его оправдал. До сих пор неизвестно, кто покушался на Пальме. Одни авторы теорий заговоров указывают на КГБ, другие — на ЦРУ. В январе 2011 года германский журнал «Фокус» напечатал статью, из которой явствует, что убийцей будто бы был агент югославской службы безопасности. Может быть.

4 ноября 1995 года в Тель-Авиве был убит Ицхак Рабин — премьер-министр Израиля, страны, которая может служить образцом демократии. Здесь право носить оружия имеют только военнослужащие. Продажа оружия запрещена. Однако для Игаля Амира, члена экстремистской организации, не составило труда приобрести пистолет «беретта», из которого он убил популярнейшего в стране политика. Наверное, не многих бы удивило, если бы покушавшийся был арабом. Но это был еврей.

Я привёл только три примера покушений на политических деятелей в демократических странах, где оружие нельзя купить, как в Америке. А мог бы назвать гораздо больше. Скажем, убийство премьер-министра Индии Индиры Ганди 31 октября 1984 года или неудавшаяся попытка покушения на премьер-министра Британии Маргарет

Эндрю Джексон

Тэтчер 12 октября 1984 года. А что мы скажем о покушении 13 мая 1981 года на главу Католической церкви Папу Римского Иоанна Павла Второго! Всё это доказывает, что политические покушения — это не исключительно американский феномен. И с этим знанием обратимся к череде покушений на американских президентов.

Эта история началась за год до того, как Пророк проклял великих вождей, а именно 30 июня 1835 года, когда Ричард Лоуренс пытался убить президента Эндрю Джексона.

Джексон — последний из президентов, родившихся до провозглашения Независимости тринадцатью британскими колониями, и он первый президент из простолюдинов. Четверо его предшественников были виргинскими аристократами: Джордж Вашингтон, Томас Джеффер-сон, Джеймс Мэдисон и Джеймс Монро. Двое его пред-шественников были из высшего общества Массачусетса: Джон Адамс и Джон Куинси Адамс. Все шестеро предше-ственников имели возможность — если, конечно, хоте-ли — получить высшее образование. У Джексона такой возможности не было.

Эндрю родился в 1767 году в Южной Каролине, непо-далёку от границы с Северной Каролиной, в семье имми-грантов из Ирландии. Отец умер через несколько дней после его рождения, и мать осталась с тремя сыновьями. Эндрю был младшим. Двое старших родились в Ирландии.

Эндрю учился в различных церковных школах, учился неважно. До конца жизни он писал с ошибками. Но одним из любимых его занятий было чтение. Когда началась Война за независимость, Эндрю читал вслух приходив-шие из Филадельфии газеты. В горных районах Южной и Северной Каролины большая часть населения была неграмотной. Взрослые с удовольствием слушали чтение юного Джексона.

В 1780 году война пришла в обе Каролины. К этому времени погиб в схватке с англичанами старший из трёх братьев Джексонов — Хью. Двое других, Роберт и Эндрю, продолжали воевать. Англичане захватили их в плен. За отказ чистить сапоги английскому офицеру 14-летний Эндрю был жестоко избит. На лице и теле Эндрю Джексона остались шрамы. На всю жизнь он со-хранил ненависть к англичанам. Уже будучи взрослым, боевым офицером, он получил прозвище «Олд Хикори» (Old Hickory) — «Крепкий Орешек». Он действительно был крепок, как пережившее ветры и морозы вековое ореховое дерево — Хикори. Всеамериканскую славу Джексону принесла победа над англичанами под Новым Орлеаном. 8 января 1815 года под его командованием в пух и прах была разбита превосходящая по численности армия англичан. В этом городе Джексону установлен памятник на площади, названной его именем.

До избрания президентом Джексон вёл беспощадные войны с индейцами — во Флориде, в Джорджии, в Алабаме. Став президентом, он приветствовал принятый Конгрессом Закон об изгнании индейцев, Indian Removal Act, и федеральные войска погнали их на Запад, в необжитые места — в Оклахому. «Тропой Слёз» (Trail of Tears) назвали индейцы пройденный путь.

Вернёмся в 30 июня 1835 года, когда на 68-летнего президента Эндрю Джексона было совершено покушение. К этому времени он успел нажить себе массу врагов. Прежде всего — политических. На президентских выборах в 1824 году соперниками Джексона, в то время сенатора, были государственный секретарь Джон Куинси Адамс, спикер Палаты представителей Генри Клей и министр финансов Уильям Кроуфорд. Джексон получил наибольшую поддержку избирателей, но не получил большинства голосов выборщиков. Решение, кому быть президентом, было предоставлено — согласно 12-й поправке к Конституции — Палате представителей. Большинство делегаций штатов поддержали Адамса, который и стал президентом. Джексон обвинил Адамса и Клея в «коррупционном сговоре». В 1828 году Джексон взял у Адамса реванш — стал президентом. Вскоре после выборов скончалась жена Джексона, Рэйчел. Джексон обвинил в её смерти своих политических противников. Над могилой жены Джексон сказал: «Я могу простить и прощу всех своих врагов. Но те, кто оскорблял её, должны искать прощения у Бога». Джексон и Рэйчел сочетались браком, когда бракоразводная процедура Рэйчел с первым мужем ещё не закончилась. Это стало поводом для многолетней травли Рэйчел политическими недругами Джексона.

Президент Джексон постоянно враждовал с Конгрессом. Он наложил на принятые Конгрессом законы больше вето, чем все предыдущие шесть президентов вместе взятые. Враждовавшие с Джексоном законодатели называли его «Король Эндрю». Шестеро предшественников Джексона рассматривали исполнительную власть — власть президента — как дополнительную к законодательной власти Конгресса. Джексон игнорировал законодательную власть. В отношениях с Конгрессом он позволял себе то, что не мог позволить английский монарх в отношениях с Парламентом. Джексон стал первым и единственным президентом в истории, которому обе палаты Конгресса объявили выговор. Он игнорировал не только законодателей, избранных народом, но не считался с мнением министров, которых сам назначал.

За годы восьмилетнего президентства Джексона сменилось четыре государственных секретаря, четыре министра финансов, три министра юстиции. Джексон выгонял министров с такой же лёгкостью, с какой назначал. Советниками президента были друзья, а не министры и высокопоставленные депутаты Конгресса. Эти дружеские посиделки политические противники Джексона назвали «кухонным кабинетом».

34-летний маляр Ричард Лоуренс, родившийся в Англии и эмигрировавший в Америку в юношеском возрасте, считал президента Джексона своим политическим врагом. В дни, недели и месяцы, предшествовавшие попытке убить президента, Лоуренс был безработным и, по мнению знавших его людей, сошёл с ума. Предполагают, что он свихнулся, вдыхая многие годы химикаты-красители. Лоуренс считал себя английским королём и не сомневался, что американский Конгресс задолжал ему кучу денег, но президент Джексон против того, чтобы Америка выплатила ему причитающееся. Однако сумасшедший безработный спланировал покушение на президента вполне толково.

В течение нескольких недель Лоуренс изучал, каким путём и в какое время Джексон едет верхом в Конгресс. 29 января 1835 года Лоуренс узнал, что на следующий день в Капитолии состоится прощание с южнокаролинским конгрессменом Уорреном Дэвисом, и он не сомневался, что Джексон, уроженец Южной Каролины, будет присутствовать на траурной церемонии. Лоуренс направился к Капитолию с двумя однозарядными дуэльными пистолетами «дерринджер». Ему не удалось приблизиться к Джексону, когда президент входил в здание. Но вот когда Джексон выходил, держа в одной руке трость и опираясь другой на руку министра финансов Леви Вудбери, Лоуренс оказался вблизи президента. Он выстрелил, и… пистолет дал осечку. Он успел выстрелить из второго пистолета, и… снова осечка. Тут уж Лоуренса скрутили и повалили на землю.

Изучив «дерринджеры», из которых Лоуренс пытался убить президента, эксперты пришли к выводу, что оба пистолета исправны. Вероятность осечки в том и другом была ничтожно мала: один случай из 125 тысяч. Джексон считал, что его спас Господь.

Лоуренс пытался убить президента 30 января 1835 года. Он предстал перед судом 11 апреля. Присяжным потребовалось пять минут, чтобы признать Лоуренса невиновным, учитывая психическое состояние. Его отправили в больницу для умалишённых.

Прокурором в суде над Лоуренсом был Френсис Скотт Ки. Его имя должно быть известно каждому американцу. Он — автор поэмы «Оборона форта Макгенри». Американцы защищали форт, находившийся неподалёку от Балтимора, в войне с англичанами — в той самой войне, где генерал Эндрю Джексон одержал победу под Новым Орлеаном. Ки был захвачен в плен, и из тюремной камеры сквозь зарешеченное окно видел американский флаг, развевающийся над Фортом Макгенри. Это и вдохновило его. Первая строфа поэмы, написанной поэтом-любителем Френсисом Скоттом Ки, стала государственным Гимном Соединённых Штатов. В последние годы жизни поэт-любитель Ки служил федеральным окружным прокурором в Вашингтоне и был главным обвинителем на процессе Лоуренса.

Лоуренс в одиночку готовился к покушению на президента. Ни с кем не советовался. Никому не рассказывал о своих планах. Но Джексон, у которого были сотни врагов, не хотел верить этому. Джексон рассказывал каждому, кто желал слушать, что против него был заговор. Джексон был уверен, что Лоуренса нанял кто-то из его врагов. Он подозревал, в частности, сенатора Джона Кэлхуна, и Кэлхун был вынужден публично выступить с опровержением. Джексон также подозревал своего бывшего друга и сторонника сенатора Джорджа Пойндекстера, которому пришлось оправдываться на встречах с избирателями в своём штате Миссисипи. Но когда дело дошло до выборов, а сенаторов выбирали в то время легислатуры каждого штата, депутаты легислатуры штата Миссисипи решили подстраховаться и не переизбрали Пойндекстера на очередной срок.

Эндрю Джексон умер спустя десять лет после неудавшегося покушения. Лоуренс всё ещё находился в больнице для умалишённых. Там он и умер. Эта больница существует и поныне. В числе её пациентов долгие годы был Джон Хинкли. Тот самый Хинкли, который 30 марта 1981 года стрелял в президента Рональда Рейгана, а до покушения на Рейгана собирался убить президента Джимми Картера.

Рассказ о неудавшемся покушении на президента Эндрю Джексона останется незавершённым, если я умолчу о Джексоне-дуэлянте. Дуэли в Америке в первой половине XIX века были обычным явлением, особенно в южных штатах. Джексон не раз стрелялся, и пулю после одной из дуэлей носил в теле до самой смерти.

Джексон был ранен на дуэли Чарльзом Дикинсоном в 1806 году в возрасте 39 лет. Поводом для дуэли послужили скачки, на которых должны были соревноваться лошади Джексона и Дикинсона. Но незадолго до состязаний Дикинсон объявил, что его скакун на старт не выйдет, и... Джексон вызвал его на дуэль. Это был повод. Причина была другой. Джексону стало известно, что Дикинсон грубо оскорблял Рэйчел.

В штате Теннесси, где жили Джексон и Дикинсон, дуэли были запрещены, но это никогда не смущало дуэлянтов. Рядом был штат Кентукки. Стреляться там никому не запрещали. Джексон и Дикинсон выясняли отношения в кентуккийском лесочке, где едва ли не ежедневно происходили дуэли.

Друзья Джексона принялись оплакивать его, как только Дикинсон принял вызов, потому что Дикинсон славился как отличный стрелок. Он не «мазал». Он не промахнулся и на этот раз — выстрелил первым, и пуля попала Джексону в грудь. Джексон удержался на ногах и сумел нажать на курок. Однако не попал. После обмена первыми выстрелами дуэлянты должны были объявить, прекращают ли они поединок или продолжат его. Но Джексон, вопреки правилам, выстрелил вторично до того, как было решено продолжать дуэль. Второй выстрел будущего президента оказался для Дикинсона роковым. По существу, это было хладнокровное убийство. Но и пуля Дикинсона навсегда осталась в груди Джексона.

О президенте Эндрю Джексоне сложено множество легенд. Согласно одной, он был создателем современной Демократической партии. Он был первым президентом — членом этой партии. Но Демократическую партию создал не он, а нью-йоркский политик Мартин Ван Бюрен, ставший президентом вслед за Джексоном.

Как выглядит президент Эндрю Джексон, знает каждый американец. Его лицо известно и жителям многих других стран. И вовсе не потому, что о Джексоне им рассказывают в детских садах и в школах. Портрет Джексона украшает 20-долларовую купюру. Миллионы землян держали в руках эту банкноту. В 1928 году Джексон сменил на ней президента Гровера Кливленда. Джексон удостоился такой чести за командование армией в победоносном сражении над англичанами под Новым Орланом, но не за финансовые заслуги. Президент Джексон добился закрытия Банка Соединённых Штатов — центрального банка, как сказали бы сегодня. Это привело к распространению бумажных денег, не обеспеченных золотом, и вызвало инфляцию. Финансовая паника началась, когда Джексон уже покинул Белый дом. Тысячи бизнесов обанкротились. И вот портрет главного виновника экономического кризиса второй половины 30-х годов XIX века красуется на 20-долларовых банкнотах.

Многие американцы уверены, что портрету гонителя индейцев не место на деньгах в демократической стране. Есть проект замены Джексона негритянкой Харриет Тубман. Рождённая в рабстве в штате Мэриленд, она бежала в Филадельфию и, обретя свободу, помогла десяткам рабов стать свободными. Достойная замена Джексону? Вероятно. Но после избрания Дональда Трампа президентом проект замены Джексона был отложен на неопределённое время. Эндрю Джексон — один из героев Дональда Трампа.

1840:
Уильям Генри Гаррисон

Герой Типпекану,

первая жертва проклятия

«Типпекану и также Тайлер» («Tippecanoe and Tyler Too») — под таким лозунгом вели в 1840 году предвыборную кампанию сторонники кандидата на пост президента Уильяма Генри Гаррисона и кандидата в вице-президенты Джона Тайлера.

Со времени победы Гаррисона над индейцами в сражении при Типпекану прошло почти три десятилетия, но Америка не забыла этой победы: Гаррисона называли «Старина Типпекану». Тайлер, его напарник, был известным в стране политиком, депутатствовал в Палате представителей и Сенате, губернаторствовал в Виргинии. Состоявшийся в декабре 1839 года в столице Пенсильвании Гаррисберге съезд партии вигов выдвинул Гаррисона кандидатом в президенты, Тайлера — кандидатом в вице-президенты. Это была вторая президентская попытка «Старины Типпекану». Четырьмя годами ранее, в 1836 году, он проиграл кандидату Демократической партии Мартину Ван Бюрену. Точнее, проиграл не Гаррисон, а все виги, баллотировавшиеся в президенты. Было их трое. Три кандидата от одной партии? Не правда ли, удивительно?

Партия вигов сформировалась после победы президента Эндрю Джексона на выборах в 1832 году. Программа партии была проста: противостоять всему, что предлагает Джексон. Президент правил единолично, отвергал один за другим утверждённые Конгрессом законопроекты. «Король Эндрю» — так прозвали его политические противники, именовавшие себя вигами, подобно американцам, восставшим в 1775 году против правления английского монарха Георга III.

В 1836 году виги бросили вызов кандидату Демократической партии Ван Бюрену, который служил верой и правдой Джексону в должности вице-президента. Но виги не сумели договориться, кому быть кандидатом в президенты. Собрание вигов Пенсильвании избрало «Старину Типпекану» — Гаррисона. Легислатура штата Массачусетс выдвинула кандидатом сенатора Даниела Уэбстера. Легислатура штата Теннесси назвала кандидатом сенатора Хью Лоусона Уайта. Ван Бюрену не составило труда разбить соперничавших друг с другом вигов. Он победил в пятнадцати штатах, три вига победили в десяти. Лучшего результата среди троицы проигравших добился Гаррисон, выигравший семь штатов. И спустя четыре года объединившиеся виги выбрали его своим кандидатом в президенты. Он знал, конечно, о проклятии Текумсе, но закалённого в боях генерала ничто не пугало.

Задача Гаррисона в 1840 году упрощалась не только потому, что на этот раз партия вигов выступала сплочённой командой. Ко времени выборов Америка ещё не пришла в себя от разразившегося в 1837 году экономического кризиса. Избиратели считали виновным президента Ван Бюрена. Значительный вклад в победу Гаррисона внесли и соперники-демократы.

Предвыборная кампания в 1840 году была первой в истории, сравнимой с современными. Реклама в газетах и журналах, наглядная агитация — плакаты и транспаранты, стихи и песни, прославлявшие одного кандидата и изничтожавшие другого. И в этой предвыборной вакханалии поддерживавшая Ван Бюрена газета «The Baltimore American» совершила ошибку — напечатала антигаррисоновский памфлет, который превратился в оружие Гаррисона.

«Дайте ему бочку самогона, — писала газета о Гаррисоне, — назначьте ему пенсию 2000 долларов в год и, поверьте нам на слово, он проведёт оставшиеся дни своей жизни в бревенчатом срубе, греясь у костра и изучая философию».

Советники Гаррисона («политтехнологи», как называют их сегодня) немедленно воспользовались памфлетом и принялись рекламировать своего кандидата как человека из народа: родился в бревенчатом срубе (log cabin), пьёт самогон. Свой парень в доску. Отставной генерал стал героем толпы.

Толпа — массовый избиратель — понятия не имела, что «Старина Типпекану» родился в аристократической семье в Виргинии на плантации Беркли (в доме, где он родился, открыт музей). В его роду были депутаты виргинского — колониального — законодательного собрания. Его отец был в числе семи виргинцев-депутатов Континентального конгресса, подписавших Декларацию Независимости, и был губернатором штата Виргиния. Детство будущего президента было лёгким, радостным, беззаботным.

В 14 лет он поступил в колледж, раздумывая о карьере врача. Но стал солдатом. В год выборов Гаррисон владел в штате Огайо двумя тысячами акров сельскохозяйственных угодий и жил в каменном двухэтажном доме.

Уильям Генри Гаррисон

Гимном избирательной кампании вигов стала песня «Типпекану и также Тайлер». На напечатанном многотысячным тиражом плакате с нотами и словами песни был изображён деревянный сруб, в котором будто бы родился «Старина Типпекану». Издававшийся в Бостоне журнал «The North American Review» писал, что эта песня сыграла в победе Гаррисона не меньшую роль, чем «Марсельеза» во Французской революции. Гаррисон выиграл в 19 штатах (53 процента, 234 выборщика), Ван Бюрену осталось 7 штатов (47 процентов, 60 выборщиков).

Историки давно выяснили, что только семь президентов родились в бревенчатых хижинах: Эндрю Джексон (7-й президент), Захари Тейлор (12-й), Миллорд Филмор (13-й), Джеймс Бьюкенен (15-й), Авраам Линкольн (16-й), Улисс Грант (18-й) и Джеймс Гарфилд (20-й). Французский аристократ Алексис де Токвиль, путешествовавший в начале 30-х годов XIX века по Соединённым Штатам и написавший книгу «Демократия в Америке», был поражён тем, что может достичь в этой стране человек из низов. Де Токвиль путешествовал, когда президентом был Эндрю Джексон.

Как Гаррисон воспринимал рекламу, прославлявшую его как рождённого в бревенчатой хижине? Возможно, он рассказал бы об этом в своих мемуарах. Но Гаррисон не дожил до написания автобиографии. 4 марта 1841 года, в день инаугурации, в Вашингтоне стоял жгучий мороз с ледяным ветром. 68-летний Гаррисон выступал без пальто, без шапки, без перчаток — как истинный простолюдин. Он говорил в течение часа и сорока минут. Вскоре после инаугурации президент слег и скончался 4 апреля.

Рано утром 5 апреля вице-президент Джон Тайлер был разбужен в своём доме сообщением о смерти Гаррисона. Это был первый в истории случай, когда президент скончался на своём посту. Кто должен был его заменить? Тайлер знал ответ: вице-президент. Однако депутаты Конгресса сомневались. Но Тайлер не стал обсуждать проблему с сомневающимися. 6 апреля он принял присягу и стал 10-м президентом Соединённых Штатов. Некоторые сограждане Тайлера долго не воспринимали его в роли законного президента. В Белый дом приходили письма, адресованные «вице-президенту» или «исполняющему обязанности президента». Тайлер письма не читал. Они летели нераспечатанными в мусорную корзину. Едва заступив на новую должность, Тайлер начал враждовать с законодателями-однопартийцами. В 1841 году случилось то, что не случалось ни до, ни после: однопартийцы исключили президента из партии.

Партия вигов испустила дух в середине 50-х годов, когда образовалась антирабовладельческая Республиканская партия. Многие виги записались в республиканцы. Один из них, Авраам Линкольн, стал первым республиканцем, победившим на президентских выборах в 1860 году. Он выиграл и оказался второй жертвой проклятия Текумсе.

1860:
АВРААМ ЛИНКОЛЬН
«Честный Эйб», вторая жертва

Авраам Линкольн — один из трёх великих президентов, вместе с Джорджем Вашингтоном и Франклином Делано Рузвельтом. Некоторые историки считают его величайшим из великих. И Линкольн — первый президент, ставший жертвой покушения. Он — первый из четырёх президентов, убитых на своём посту. Но он единственный стал жертвой заговора. Джеймс Гарфилд, Уильям Маккинли и Джон Кеннеди — трое других убитых президентов — жертвы одиночек, действовавших на свой страх и риск. С Линкольном дело обстояло иначе. Существовал заговор, целью которого было не убийство, а похищение.

1864 год был четвёртым годом войны между Севером и Югом. Эту войну принято называть Гражданской, хотя у неё есть не менее двадцати других имён. В этой книге я придерживаюсь общепринятого. Обе стороны брали пленных и отправляли их в лагеря, а затем обменивались ими. Но в марте 1864 года командующий армиями северян генерал Улисс Грант распорядился прекратить обмен, поскольку это выгодно врагу: вернувшиеся из плена южане тут же вновь брались за оружие. Правда, так же поступали и многие вернувшиеся из плена северяне, но армии Севера не испытывали недостатка в людях и могли легко обойтись без бывших военнопленных. Иное дело — Юг, отколовшийся от Союза. Армии южан редели. Пополнения ждать было неоткуда. К четвёртому году войны людские ресурсы Юга были исчерпаны. Вернувшиеся из плена южане тут же возвращались в армию. Генерал Грант решил поставить точку. Обмену военнопленными пришёл конец. Вот тогда-то Джон Уилкс Бут и решил похитить президента Линкольна и передать его в руки южан, чтобы заставить северян возобновить процедуру обмена военнопленными.

Бут был человеком далёким от военной службы. Профессиональный актёр, хорошо известный всем американским театралам как в городах Севера, так и на Юге, он вырос в актёрской семье. Его отец Джаниус Брутс Бут играл в знаменитых английских театрах «Ковент-Гарден» и «Друри-Лейн», прославился как исполнитель ролей в пьесах Шекспира. В 1821 году он иммигрировал в Америку. Здесь и родился Джон Уилкс Бут — девятый из десяти детей знаменитого актёра. Он пошёл по стопам отца и в 1855 году — в 17 лет — дебютировал в одном из театров Балтимора в трагедии Шекспира «Ричард III».

Бут родился и вырос в штате Мэриленд, где рабовладение считалось нормой. Как и многие мэрилендцы, он был против предоставления свободы чёрным рабам. И Бут открыто поддержал решение южных штатов отделиться от северных и создать Конфедерацию. Когда в апреле 1861 года началась война, Бут выступал в театре города Олбани — столицы штата Нью-Йорк. Бут говорил каждому, кто желал его слушать, что поддерживает «героическую»

Авраам Линкольн

борьбу южан. Заявления известного актёра печатали местные газеты. Многим жителям Олбани это не нравилось, и некоторые требовали, чтобы владельцы театров не предоставляли сцену человеку, выступающему с «предательскими заявлениями».

Имея возможность гастролировать во время войны как в театрах Севера, так и в театрах Юга, Бут стал тайным агентом Конфедерации. Он доставлял южанам медикаменты, которые производились только на Севере. В начале 1863 года Бута арестовали в Сент-Луисе. Кто-то из коллег-актёров сообщил местным властям, что слышал, как Бут пожелал «катиться в ад президенту и его проклятому правительству». Бута освободили после уплаты штрафа и обещания хранить верность правительству Линкольна.

После запрета генерала Гранта обменивать военнопленных Бут задумал похищение Линкольна, веря, что так он заставит Союз признать независимость Конфедерации, и война будет окончена.

Знали ли лидеры южан, среди которых был президент Конфедерации Джефферсон Дэвис, о плане Бута?

У историков нет однозначного ответа. Некоторые уверены: лидеры Конфедерации не только знали об идее заговора, но и финансировали его. Другие считают: Бут действовал без всяких консультаций с правительством Конфедерации. Но неоспоримым остаётся факт: заговор существовал. Бут вовлёк в него Дэвида Херолда, Джорджа Атцеродта, Льюиса Пауэлла и Джона Сурата. Они начали готовить похищение Линкольна, собираясь в Вашингтоне в гостинице, принадлежавшей Мэри Сурат, матери Джона.

Познакомимся с сообщниками Бута, жизнь большинства из которых закончилась на виселице.

Дэвид Херолд. Выпускник Джорджтаунского колледжа (ныне это университет), фармацевт по образованию. Он также учился в военной академии в Шарлотт (Северная Каролина).

Джордж Атцеродт. Родился в Германии. В 1843 году, когда ему было восемь лет, семья иммигрировала в Америку. Он владел бизнесом по ремонту конных экипажей.

Льюис Пауэлл. Единственный из сообщников Бута, сражавшийся в армии южан. Когда началась война, ему было 17 лет, и он записался добровольцем в один из пехотных полков Флориды. Участвовал во множестве сражений. Был ранен. В июле 1863-го попал в плен. Бежал из плена и стал кавалеристом в бригаде Джона Мосби, которая совершала рейды по тылам северян. Затем служил в разведке. Был арестован северянами, обвинён в шпионаже и снова бежал.

И, наконец, Джон Сурат — единственный участник заговора, который умер своей смертью. Он был связным южан и разведчиком, постоянно переходил линию фронта, добывал сведения о дислокации северян.

17 марта 1865 года Бут и его сообщники приготовились захватить экипаж Линкольна, когда президент будет возвращаться в Вашингтон из военного госпиталя, где собирался навестить раненых. Но Линкольн отменил визит и тем самым нарушил планы заговорщиков.

4 марта, за тринадцать дней до несостоявшегося похищения Линкольна, Бут был в числе приглашённых на инаугурацию президента. Его пригласила невеста — дочь сенатора Джона Хэйла, Люси Хэйл. В толпе свидетелей инаугурации были и три других заговорщика — Пауэлл, Атцеродт и Херолд. Позднее Бут сказал: «У меня был отличный шанс... убить президента. Если бы я хотел». Но 4 марта, в день инаугурации, Бут и его сообщники не планировали убийство. Они намеревались похитить Линкольна.

Известна дата, когда Бут принял решение убить Линкольна: 12 апреля. В этот день Бут узнал, что тремя днями ранее — 9 апреля — генерал южан Роберт Ли и возглавляемые им остатки армии Северной Виргинии сдались генералу Гранту. И хотя кое-где бои все ещё продолжались, решение Ли сдаться означало, что Конфедерация проиграла войну. Следовательно, не было никакого смысла похищать Линкольна. И Бут принял решение убить президента.

В четверг вечером, 13 апреля, в вашингтонском отеле «Херндон Хауз» Бут встречается с сообщниками для распределения ролей. Он извещает их о смене плана, при этом утверждая, что следует убить ещё и вице-президента Эндрю Джонсона. Вице-президента Бут ненавидит не меньше, чем Линкольна. Потому что Джонсон — южанин из Теннесси, и, значит, предатель. Убийство Джонсона Бут возлагает на Атцеродта. Выслушав этот приказ, 33-летний немецкий иммигрант сказал, что в его намерения не входило убивать кого-либо. Он собирался участвовать в похищении. Бут тут же осадил парня: став участником заговора, ты уже определил свою участь. Вице-президент жил в гостинице «Кирквуд Хауз», где и следовало его убить. Совершив убийство, Атцеродт должен был бежать из столицы.

Третьей мишенью заговорщиков стал государственный секретарь Уильям Сьюард. 5 апреля он попал в дорожную аварию: кибитка, в которой он ехал, перевернулась. Сьюард сломал правую руку, несколько рёбер, ранил голову. Он лечился у себя дома. Бут поручил Пауэллу убить Сьюарда. Херолду следовало ждать с лошадьми — своей и Пауэлла — в укрытии, и после убийства государственного секретаря они должны были бежать.

Роковой день — 14 апреля, Страстная пятница. Вечер этого дня президент Линкольн и его супруга наметили провести в Театре Форда. Известная актриса Лора Кин играла в популярной комедии «Наш американский кузен». Для Бута Театр Форда был почти родным домом. Он дружил с его владельцем Джеймсом Фордом. Он не раз участвовал в спектаклях на сцене этого театра. Ему были известны все ходы и выходы. Кроме того, у гастролировавшего по всей стране Бута не было постоянного адреса, и в Театр Форда приходила его почта.

Зайдя утром 14 апреля в театр за своей почтой, Бут узнал, что на спектакле будут Линкольны, а вместе с ними и генерал Грант с супругой. План созрел мгновенно: убить не только президента, но и командующего армиями Севера.

Бут знал наизусть комедию «Наш американский кузен». Ему была известна реакция зрителей на каждую реплику героев спектакля. Представление начиналось в 8 вечера, а в 10 часов 15 минут актёр Гарри Хоук, исполнявший роль Асы Тренчарда, «американского кузена», должен был произнести фразу, которая всегда вызывала громкий смех аудитории. Вот в этот момент Бут и решил стрелять. И в это же время Атцеродт должен был войти в комнату вице-президента Джонсона, а Пауэлл — в дом госсекретаря Сьюарда.

Бут, разумеется, не знал, что генерал Грант откажется от приглашения президента провести вечер в театре. Джулия Грант, жена генерала, не желала общаться с Мэри Линкольн, и этим не отличалась от всех, знавших супругу президента. Джулия заказала билеты на поезд в Нью-Джерси, и генерал с женой уехали из столицы ещё днём. Приглашение Линкольнов приняли майор Генри Рэтбоун и его невеста Клара Харрис.

Бут не сомневался, что у двери в президентскую ложу будет сидеть на стуле телохранитель Линкольна. Бут приготовился разделаться с ним ножом. Каково же было его удивление, когда он увидел, что вход в ложу не охраняется! Телохранитель президента Джон Паркер в это время пил пиво в таверне, расположенной рядом с Театром Форда. О лучшем подарке Бут и мечтать не мог.

В 10 часов 15 минут Бут вошёл в ложу, и как только зрители разразились смехом после реплики «кузена», он выстрелил с четырёх футов в голову Линкольну из однозарядного «дерринджера». Зал не слышал выстрела и продолжал хохотать. Но майор Рэтбоун выстрел услышал и тут же поднялся с кресла. Бут без промедления ударил его ножом. Зал всё ещё смеялся, когда Бут ступил на край ложи и спрыгнул на сцену. За годы артистической карьеры ему приходилось прыгать и с большей высоты. В «Макбете» он падал на сцену с семи футов. Но с президентской ложи свисали американские флаги, и Бут зацепился шпорой правого сапога за флаг. Упав на сцену, он сломал левую ногу. Он лежал на сцене на глазах сотен зрителей. Аудитория была в шоке. Бут смог подняться и исчезнуть. Он скрылся в ночи.

В это время в нескольких кварталах от Театра Форда разыгрывалась драма в доме государственного секретаря Уильямса Сьюарда.

Убийство Авраама Линкольна

Пауэлл постучал в дверь трёхэтажного кирпичного особняка. Дверь ему открыл чёрный слуга Сьюарда — Уильям Белл. «Да, сэр?» — спросил он. Пауэлл ответил, что несёт мистеру Сьюарду лекарство от доктора Верди, лечащего врача госсекретаря. «Я передам ему», — сказал слуга. «Врач просил меня лично передать лекарство», — настаивал Пауэлл. «Сэр, я не могу пустить вас наверх», — уведомил его слуга. «Мальчишка! Как ты разговариваешь с белым человеком!» — воскликнул Пауэлл и, оттолкнув Белла, начал подниматься на второй этаж. На шум вышел Фредерик Сьюард, сын госсекретаря. Пауэлл сказал, что несёт лекарство. Сын попросил лекарство, и Пауэлл отдал ему пакет, но почти тут же выхватил пистолет. Выстрела не последовало — осечка, и Пауэлл начал бить Фредерика рукояткой пистолета. «Убивают! Убивают!» — кричал стоявший внизу слуга. Услышав его вопли, из своей комнаты вышла 20-летняя дочь госсекретаря Фанни. Пауэлл сбил её с ног. Но тут же перед ним предстал сержант Джордж Робинсон, посланный армией сторожить госсекретаря. Пауэлл ударил его ножом и ворвался в комнату, где лежал больной Сьюард. Он приблизился к кровати, склонился над больным и несколько раз вонзил в тело нож. Сьюард сполз с кровати на пол. В это время в комнату ворвался старший сын госсекретаря Огастас, выпускник Вест-Пойнта, орденоносный офицер. Пауэлл обернулся к нему и ударил ножом, потом ударил ещё и ещё.

Пауэлл бросился бежать вниз по лестнице с воплем: «Я сумасшедший! Я сумасшедший!» Он легко нашёл свою лошадь, но Херолда, который должен был ждать его, поблизости не было.

«О, Господи, отец мёртв!» — причитала Фанни. Раненый сержант Робинсон поднял безжизненное тело госсекретаря с пола, положил на кровать и услышал его тихий голос: «Я не мёртв. Пошлите за доктором, пошлите за полицией. Заприте дом».

В то самое время, когда Бут стрелял в Линкольна, а Пауэлл поднимался по лестнице в спальню Сьюарда, сокрушая всех на своём пути, четвёртый заговорщик, Джордж Атцеродт, сидел в баре отеля «Юнион» и с увлечением поглощал виски. Когда он вышел на улицу и добрался до своей лошади, то с большим трудом сумел сесть в седло. Он всё-таки нашёл гостиницу, где у него был номер, и как только прилёг, сразу заснул.

Авраам Линкольн скончался 15 апреля, на следующий день после покушения. Эндрю Джонсон стал новым президентом. К этому времени были установлены имена всех заговорщиков. Армия и полиция начали розыск.

17 апреля, в понедельник, была арестована Мэри Сурат, поскольку власти узнали, что заговорщики часто собирались в её гостинице. Детективы начали поиск улик в доме. В это время в знакомый дом пожаловал Льюис Пауэлл собственной персоной. Он тут же понял, что совершил ошибку, но было поздно.

20 апреля, в четверг, был арестован Джордж Атцеродт. Ему удалось выбраться из Вашингтона. Он нашёл приют у дальнего родственника в мэрилендском городке Джермантаун, в 20 милях от столицы. Он повёл себя неразумно. Говоря с незнакомцами об убийстве Линкольна, не скрывал радости. За это и поплатился.

В этот день, 20 апреля, Бут и Хэролд скрывались в заболоченном лесу на мэрилендском берегу реки

Потомак. Пятью днями ранее, на пути из Вашингтона, они остановились в доме доктора Самуэля Мадда. Он осмотрел ногу Бута и наложил на неё гипс. Оставаться в доме Мадда было небезопасно. Армия искала преступников, прочёсывая все близлежащие к Вашингтону места. Бут и Хэролд отправились к берегу Потомака, и в течение шести дней — с 16 по 21 апреля — ждали возможности перебраться с мэрилендского берега реки на виргинский, будучи уверенными, что на территории Конфедерации им ничего не грозит.

22 апреля Бут и Хэролд достигли Виргинии. 24 апреля они добрались до фермы Ричарда Гаррета, у которого сын Джон только вернулся с войны. Гарреты понятия не имели, кто такие Бут и Хэролд, но поверили рассказу Бута, нога которого была в гипсе, что он ранен на войне. Они предоставили незнакомцам приют. Однако Гарреты заподозрили недоброе, когда гости стали волноваться, услышав, что поблизости рыскает кавалерия. Оба незнакомца были вооружены, и Джон Гаррет не решился выпроводить их из дома. Им предложили отдохнуть в сарае, где хранилось сено и кукуруза. В ночь с 25-го на 26-е залаяли собаки — кавалеристы приближалась к ферме. «Выходите из сарая!» — потребовал Джон Гаррет. «Убирайся или я убью тебя! Ты предал меня»,— закричал Бут.

Хэролд счёл за благо выйти, и сдался. Бут отказался сдаваться. Командовавший кавалерийским отрядом лейтенант Бейкер сказал, что сарай будет подожжён, и через минуту он уже горел. Когда Бейкер начал открывать дверь, Бут схватил карабин, но в это время пуля сразила его. Через несколько минут убийца президента скончался.

10 мая заговорщики предстали перед военным трибуналом. Суд продолжался семь недель. Выступили 366 свидетелей обвинения. Жюри в составе девяти присяжных совещалось три дня. Всех обвиняемых признали виновными. Четверо были приговорены к смертной казни: Льюис Пауэлл, Дэвид Хэролд, Джордж Атцеродт и Мэри Сурат. Четверых, в числе которых был доктор Самуэль Мадд, приговорили к тюремному заключению в Форте Джефферсона, находившемся в Мексиканском заливе в нескольких десятках миль от Ки-Уэста.

Приговор был приведён в исполнение в пятницу, 7 июля. Мэри Сурат стала первой в истории страны женщиной, казнённой по решению федерального суда. Споры о том, заслужила ли она быть повешенной, продолжаются по сей день. В 2010 году Роберт Редфорд снял фильм «Заговорщица», в котором приговор и казнь Мэри Сурат трактуются как дань психозу, охватившему страну после убийства президента.

Мэри Сурат была казнена, а что же её сын Джон, действительно бывший заговорщиком? Он бежал из Вашингтона, как только узнал, что Линкольн убит. 17 апреля, на третий день после покушения, он добрался до Монреаля. Оттуда махнул в Европу — сначала в Ливерпуль, затем в Рим. Под именем Джона Уотсона он устроился в охрану Папы Римского. Однако бывший друг Сурата вскоре узнал его и сообщил о нём послу США в Риме Рафусу Кингу. 7 ноября 1866 года Сурата арестовали и отправили в местную тюрьму, из которой он бежал. Он купил билет на пароход в египетский город Александрия, но снова был арестован, и его отправили в Америку.

В 1867 году, через 16 месяцев после казни матери, Джон Сурат предстал перед судом. Но это был не военный трибунал, а гражданский суд. К этому времени Верховный суд запретил судить гражданских лиц в военных судах. Присяжные не пришли к единому мнению: четверо признали его виновным, восемь — невиновным. Это означало только одно: он оправдан.

Джон Сурат, отец семерых детей, скончался в возрасте 72 лет в 1916 году.

Покушение на Линкольна породило массу легенд. Одна из них: Джон Уилкс Бут бежал, а вместо него убит был кто-то другой.

Доктор Самуэль Мадд, оказавшись в Форте Джефферсон отрезанным от всего мира водой, лечил своих тюремщиков от всех болезней, и если бы не он, то обитатели форта вымерли бы от лихорадки.

Дети, внуки и правнуки доктора Мадда всегда настаивали на его невиновности. Они говорили, что, помогая Буту, он выполнял долг врача — оказывать помощь каждому, кто в ней нуждается. Правнук Мадда, доктор Ричард Мадд, обращался к нескольким президентам с просьбой о реабилитации прадеда. Президенты Джимми Картер и Рональд Рейган выразили ему свои симпатии, оба считали, что Мадд невиновен, но ответили, что решение должен принимать Конгресс. Соответствующий билль застрял в одном из подкомитетов Конгресса в 1992 году. В 2003 году Верховный суд отказался рассматривать «дело Мадда», сославшись на истечение срока апелляции.

Голливуд снял два фильма о Мадде. В 1936-м — «Заключенный Акульего острова». В 1980-м — «Испытание доктора Мадда».

Итак, 15 апреля 1865 года Америка осталась без «Честного Эйба», как называли президента, который выиграл войну и спас страну от раскола. Перед победителями, северянами-юнионистами, стояла задача восстановить нормальные отношения с побеждёнными — южанами-конфедератами. Задача легла на плечи Эндрю Джонсона, сменившего пост вице-президента на президентский. Он с задачей не справился. Это общее мнение всех без исключения историков.

ЕСЛИ БЫ ЛИНКОЛЬН НЕ БЫЛ УБИТ...

Только слепой и глухой возьмётся утверждать, что расовые отношения в нашей стране не нуждаются в улучшении. Эти отношения весьма далеки, конечно, от кризисных, но расизм существует. Как существует и убеждение, что этого бы не случилось, если бы Джон Уилкс Бут не убил Авраама Линкольна. Пост убитого президента занял вице-президент Эндрю Джонсон, и ему пришлось заняться Реконструкцией в побеждённых штатах Конфедерации. Именно в годы Реконструкции, продолжавшейся в течение двенадцати лет, был заложен фундамент сегодняшнего расизма.

Едва ли не общее мнение историков: расизма можно было бы избежать, если бы Реконструкцией занимался Линкольн.

Читатель немедленно скажет: «История не знает сослагательного наклонения». И читатель прав. Но историкам интересно, «что случилось бы, если бы...» Историки любят альтернативную историю. Примеров тому — множество.

В 1960 году, в преддверии столетия со дня начала Гражданской войны, журнал «Look» напечатал исследование историка Маккинлея Кантора «Если бы Юг победил в Гражданской войне». Лауреат Пулитцеровской премии Кантор превратил статью в книгу-бестселлер, которая многократно переиздавалась.

Каждый интересующийся историей Второй мировой войны наверняка не оттолкнёт изданную в 1997 году книгу «Если бы союзники потерпели поражение». Это сборник статей шестидесяти(!) альтернативных сценариев Второй мировой войны. Например: «Что, если бы немецкие армии группы «Центр» пошли в августе 1941 года на Москву вместо того, чтобы заниматься киевской операцией?» Или: «Что, если бы союзники потерпели неудачу в Ди-Дэй?» Или: «Что, если бы Гитлер был убит 20 июля 1944 года».

Интереснейшую тему альтернативной истории предложил журналист Патрик Бьюкенен: «Если бы Америка не вступила в (Первую) мировую войну, Ленин и Троцкий висели бы в Петрограде на уличных фонарях». Эта тема пока не привлекала историков, но должна привлечь. Лично меня интересует вопрос, что случилось бы, если бы Линкольн не был убит?

Ответов — пруд пруди. Отвечали и историки-любители, и историки-профессионалы, среди которых, например, Гарольд Холцер — директор Института общественной политики при нью-йоркском Хантер-колледже, автор 52(!) книг о Линкольне и Гражданской войне, и профессор истории Колумбийского университета Эрик Фонер — автор двух десятков книг о Линкольне, Гражданской войне и Реконструкции. Историки подчёркивают: приступив к Реконструкции — восстановлению отношений между Союзом и штатами бывшей Конфедерации, Джонсон руководствовался планом, который наметил Линкольн. Но

Эндрю Джонсон

новый президент немедленно столкнулся с противостоянием Конгресса, где верховодили радикальные республиканцы, говоря сегодняшним языком, экстремисты. Радикалы отвергали предусмотренное Линкольном мягкое отношение к солдатам и офицерам армии Конфедерации, за исключением руководителей этой армии. Линкольн считал, что как только десять процентов воевавших принесут — в том или ином штате — присягу верности Союзу и признают, что рабовладению наступил конец, то получат в данном штате право участвовать в выборах как в местные органы власти, так и в федеральные. Радикальные республиканцы с этим не соглашались, но они считали, что освобождённые рабы мгновенно получают право голоса. И радикалы объявили: Реконструкция — дело законодательной власти, Конгресса, а не исполнительной, Белого дома. Президент Джонсон не согласился.

Эндрю Джонсон был южанином из Теннесси, демократом. Выбирая Джонсона напарником в 1864 году перед своими вторыми президентскими выборами, Линкольн руководствовался как раз этими двумя характеристиками: южанин и демократ. Такой вице-президент поможет, полагал Линкольн, в восстановлении отношений с южными штатами. Отношение радикальных республиканцев к Джонсону было диаметрально противоположным: демократ-южанин мог быть только врагом. После смерти Линкольна он стал президентом. И в отличие от Линкольна, способного на компромиссы, Джонсон их пресекал на корню. Он был груб. И дружил с виски: 4 марта 1865 года, в день инаугурации Линкольна, вице-президент едва держался на ногах. Спустя семь недель он занял пост президента. И, конечно, республиканцы-радикалы — все, как один, аболиционисты,— не желали потакать в чём-либо президенту, который был, говоря сегодняшним языком, расистом (в то время такого термина не существовало).

Конгресс отвергал каждое предложение президента. Президент накладывал вето едва ли не на каждый принятый Конгрессом закон. Но, обладая абсолютным большинством мест в Палате представителей и Сенате, республиканцы легко опрокидывали вето президента. В 1868 году Палата представителей подвергла Джонсона импичменту; в Сенате не хватило одного голоса, чтобы изгнать его из Белого дома. В этом же году президентские выборы выиграл республиканец Улисс Грант.

Поверженные штаты Конфедерации были оккупированы федеральными войсками. Туда ринулись с Севера за лёгкой добычей тысячи и тысячи предпринимателей, прозванных саквояжниками (carpetbaggers). Они нашли союзников в лице бездельников (scalawags) — белых южан. Их поддерживали местные органы власти, избранные голосами освобождённых рабов, записавшихся в Республиканскую партию. Воевавшие в армии

Конфедерации белые права голоса не имели. Власти установили такие налоги на собственность, какие были не в состоянии платить владельцы усадеб. За неуплату налогов их собственность подлежала конфискации. Усадьбы горели. Наступивший в южных штатах беспредел способствовал рождению организаций сопротивления оккупантам и их пособникам; одной из них был ку-клукс-клан. Главной целью этих организаций было восстановление порядка, в котором бывшие рабы оставались бесправными. И такой порядок на Юге установился после того, как в 1877 году федеральные войска покинули все штаты бывшей Конфедерации, поставив тем самым точку в истории периода Реконструкции. К этому времени завершилось восьмилетнее президентство Улисса Гранта и началось президентство республиканца Ратерфорда Хейса.

12-летний период Реконструкции — с 65-го по 77-й — отмечен тремя поправками к Конституции: 13-я положила конец рабовладению; 14-я гарантировала американское гражданство всем бывшим рабам; 15-я гарантировала неграм право голоса. Эти поправки должны были в корне изменить всю страну: чёрные обрели равные права с белыми. Однако белые демократы, пришедшие к власти в штатах бывшей Конфедерации, принимали законы и устанавливали порядки, превратившие чернокожих в граждан второго сорта. И такие законы-порядки — наследие периода Реконструкции — существовали до середины 60-х годов XX века. Эрик Фонер назвал этот период в истории США «трагическим». А как бы развивались события в этот период, если бы Линкольн не был убит?

Радикальные республиканцы вряд ли испытывали к Линкольну большее доверие, чем к Джонсону, и у них были для этого основания. Все они были аболиционистами. Линкольн аболиционистом не был. Линкольн считал необходимым ликвидировать институт рабовладения, но свободные негры, не сомневался он, не могут сосуществовать с белыми, им не место в Соединённых Штатах. Линкольн был активным членом Американского колонизационного общества (American Colonization Society). Общество было создано в 1816 году и пропагандировало переселение свободных негров в Африку. Неподалёку от британской колонии Сьерра-Леоне была приобретена земля и основано поселение Либерия. Туда и переселялись чернокожие. В 1847 году Либерия провозгласила независимость. До начала Гражданской войны в новой стране обосновалось более 13 тысяч американских негров. Среди основателей общества были видные политики. В начале 30-х годов его возглавлял бывший президент США рабовладелец Джеймс Мэдисон. Но в эти годы аболиционисты уже выступали против переселения негров, и с ними соглашались негритянские лидеры. Линкольн же никогда не изменял своего отношения к цели колонизационного общества — переселению негров. Он оставался верен этой цели и когда уже был президентом.

14 августа 1862 года Линкольн принял в Белом доме делегацию негров и подтвердил им свою приверженность колонизации. «Почему вам следует покинуть эту страну? — спросил президент гостей и сам же ответил. — Вы и мы — разные расы. Между нами существует бóльшая разница, чем между любыми двумя расами... Я думаю, что вы очень страдаете, потому что многие из вас живут

среди нас. Но и мы страдаем от вашего присутствия. Одним словом, каждый из нас страдает... Нам следует жить раздельно...»

Через четыре с половиной месяца после беседы с неграми, 1 января 1863 года, Линкольн провозгласил «Прокламацию об освобождении рабов». Освобождению — эмансипации — подлежали рабы на территориях, которые находились под контролем конфедератов. В «Прокламации» ни слова не говорилось о колонизационном плане Линкольна, а такой план существовал.

На встрече Линкольна с делегацией негров присутствовал Джеймс Митчелл, которого несколькими днями ранее президент назначил уполномоченным по эмиграции (commissioner of emigration). Ранее такой правительственной должности не существовало. Но Линкольну требовался «комиссар» для осуществления плана переселения свободных негров. Митчелл вступил с послом Британии в Вашингтоне Ричардом Лайонсом в переговоры о покупке (или аренде) земли в Британской Гвиане, куда, согласно плану, должны были переселяться свободные негры. Речь шла о создании негритянского поселения в Южной Америке, в дополнение к Либерии. Линкольн ни от кого не скрывал план переселения — добровольного — бывших рабов в Южную Америку. Отношение аболиционистов к этому плану было резко отрицательным.

Вскоре после смерти Линкольна слово «колонизация» исчезло как из воспоминаний современников о Линкольне-президенте, так и из большинства бесчисленных биографий. На протяжении полутора сотен лет никто не хотел ворошить историю, не красящую президента, возведённого в сан почти святого. Но вот в 2011 году малозаметное издательство Университета Миссури опубликовало небольшую (203 страницы) книгу «Колонизация после эмансипации: Линкольн и движение за переселение чёрных» («Colonization after Emancipation: Lincoln and the Movement for Black Resettlement»). Её авторы, американец Филлип Магнесс и англичанин Себастиан Пейдж, обнаружили в архивах документы о деятельности линкольнского уполномоченного по эмиграции Митчелла и, в частности, документы о его переговорах с британским послом Лайонсом.

Приступил бы Линкольн к претворению в жизнь плана переселения (подчеркну ещё раз: добровольного) бывших рабов в Южную Америку, если бы не был убит? А почему бы нет? Почти наверняка приступил бы. И нашлись бы желающие. Однако осуществление плана требовало денег. Деньгами же распоряжается Конгресс. Радикальные республиканцы наверняка сделали бы всё, чтобы отказать президенту в финансировании колонизации. Но Линкольн был мастером по части переговоров, умел найти общий язык с теми, кто не разделял его взгляды. Это подчеркнула историк Дорис Виринс Гудвин в книге «Команда соперников» («Team of Rivals») о президенте Линкольне, сформировавшем кабинет министров из своих политических противников. И может быть, он сумел бы убедить однопартийцев-радикалов выделить кое-что из федеральной казны на переселение чернокожих в Южную Америку. Может быть. Если бы вопрос о колонизации был единственным спорным вопросом. Но был ещё один не менее спорный аспект: отношение Линкольна к «мятежникам» — всем, кто сражался в армии Конфедерации. Президент хотел как можно быстрее восстановить нормальные отношения с потерпевшим поражение врагом. У радикальных республиканцев такого намерения не было, и они дали об этом знать уже вскоре после начала войны.

В августе 1861 года Конгресс обсуждал Закон о конфискации (Confiscation Act), предоставлявший военным право конфисковать собственность южан. Линкольн был против. Военные, считал президент, не должны заниматься политическими проблемами, а все вопросы конфискации следует рассматривать в судебном порядке.

В декабре того же года Конгресс приступил к рассмотрению второго Закона о конфискации (The Second Confiscation Act). Этот закон позволял малоимущим южанам (белым и чёрным), которые верны Союзу, забирать всё, что принадлежит тем, кто изменил Союзу. Линкольн объявил, что наложит на закон вето.

4 мая 1864 года радикальные республиканцы — конгрессмен Генри Дэвис (Мэриленд) и сенатор Бенджамин Уэйд (Огайо) — предложили закон, который позволял каждому штату Конфедерации войти в состав Союза только после того, как не менее половины (50 процентов) воевавших против Союза жителей этого штата, принесут присягу верности Союзу. Линкольн же считал, что достаточно присяги 10 процентов воевавших, чтобы штат был принят в состав Союза. 2 июля обе палаты Конгресса одобрили закон Уэйда-Дэвиса. Президент наложил на закон вето.

В это время отношения Линкольна с республиканцами-радикалами уже были кризисными. 31 мая радикалы созвали в Кливленде (Огайо) съезд и номинировали кандидатом на пост президента Джона Флемонта, который был кандидатом Республиканской партии в 1856 году, но проиграл выборы демократу Джеймсу Бьюкенену. Во время Гражданской войны генерал Флемонт зарекомендовал себя как непримиримый враг каждого — вне зависимости от ранга — поднявшего руку на Союз. Именно он предложил законодателям идею первого Закона о конфискации. Но Флемонт огорчил радикалов: отказался противостоять Линкольну. На состоявшихся в ноябре 1864 года выборах Линкольн легко победил демократа Джорджа Маклеллана, который командовал одной из армий Союза, но был смещён Линкольном за неспособность к решительным действиям.

Война приближалась к концу. 9 апреля 1865 года — через месяц и четыре дня после второй инаугурации Линкольна — генерал конфедератов Роберт Ли подписал капитуляцию в присутствии генерала федералистов Улисса Гранта, и это означало победу Союза. А спустя пять дней, 14 апреля, Бут смертельно ранил Линкольна, президент скончался на следующий день. Америка вступила в период Реконструкции с новым президентом.

Многие — если не все — историки уверены, что Линкольн сумел бы сделать то, чего не сумел Джонсон, а именно — решить спорные вопросы с радикальными республиканцами. Сумел бы не только благодаря своему характеру и умению вести переговоры с оппонентами. Сумел бы ещё и потому, что радикалам не принадлежало большинство во фракциях республиканцев в Палате представителей и в Сенате. Большинство принадлежало умеренным республиканцам, и уж с ними-то, полагают историки, Линкольн нашёл бы общий язык. У меня есть основания сомневаться в таком сценарии.

История свидетельствует: политические радикалы обычно добиваются своего, даже находясь в меньшинстве. Примеров — предостаточно. Приведу два: вековой давности российский и сегодняшний американский.

После свержения государя-императора в феврале 1917 года социалистические партии получили возможность приступить к демократизации России. Для этого следовало объединиться социалистам-революционерам (эсерам), конституционным демократам (кадетам), октябристам, прогрессистам, меньшевикам, бундовцам. Однако все эти умеренные (в разной степени) социалисты не сумели противостоять малочисленной группе социалистов-экстремистов из большевистской фракции Российской социал-демократической рабочей партии. Результат победы экстремистов известен.

В нашей стране, в сегодняшней Демократической партии, радикалам не принадлежит большинство. Но именно они задают тон. Это стало особенно заметно после промежуточных выборов в 2018 году, в результате которых демократы получили большинство мест в нижней палате Конгресса. Четыре вновь избранные депутатки-радикалки фактически навязывают свои взгляды всей партийной фракции. Демократы, выдвинувшие свои кандидатуры на пост президента, делают все, что в их силах, чтобы не разочаровать однопартийцев-экстремистов.

Вернёмся в 1865 год. Если бы Линкольн не был убит, его ждала бы судьба Джонсона. Радикальные республиканцы подвели бы его под импичмент. Палата представителей подвергла бы его, как и Джонсона, импичменту, но он, возможно, остался бы, как и Джонсон, на своём посту, поскольку Сенат отказался бы признать его виновным в нарушении Конституции. Период Реконструкции стал бы при Линкольне таким же «трагическим», каким был при Джонсоне.

Если бы Линкольн не был убит, он не вошёл бы в историю как мученик (martyr), погибший за правое дело — освобождение чернокожих рабов. Не быть бы ему в каждом опросе историков лучшим президентом в тройке наилучших — впереди Джорджа Вашингтона и Франклина Делано Рузвельта. И биографы-линкольноведы не забывали бы в своих трудах о некоторых фактах его жизни. Пуля Бута почти мгновенно превратила Линкольна в героя. Павшего президента оплакивали все города и штаты победившего в войне Союза. Это были всенародные похороны.

1880:
Джеймс Гарфилд
Конгрессмен, ставший президентом

«В нашей истории нет никого, кто начинал бы с таких низов, как он, и достиг того, что он достиг. Не Бенджамин Франклин и даже не Авраам Линкольн»,— сказал о 20-м президенте США Джеймсе Гарфилде его предшественник на посту президента Рутерфорд Хейс. Хейс не погрешил против истины. Гарфилд рос в такой нищете, какая была неведома ни одному другому всеамериканскому политику, и он поднялся на вершину — в Белый дом.

Джеймс Абрам Гарфилд из той категории американцев, о которых говорят «self-made». Это люди, добившиеся успеха исключительно благодаря самим себе: своему труду, своему таланту, своей работоспособности. Отец Джеймса был фермером в Огайо. Мать была, как сказали бы сегодня, домашней хозяйкой. У неё было пятеро детей. Джеймс был младшим. Отец умер, когда ему было два года. Семья оказалась в нищете. Решающее влияние на парня оказала мать. Элиза Гарфилд приучила сына к чтению и настаивала, чтобы он учился сначала в школе, затем — в колледже. Сын выучил в совершенстве древнегреческий и латынь, и затем в течение нескольких лет преподавал эти языки в школе.

В 1861 году началась Гражданская война, и 30-летний учитель Гарфилд вступил в армию Союза добровольцем. Он был произведён — как хорошо образованный человек — в подполковники. В начале 1863 года он уже был бригадным генералом. И он стал одним из самых свирепых военачальников победившего Севера. Именно Гарфилд настаивал на применении тактики выжженной земли, предлагая вести войну не только против армии южан, но и против гражданского населения. Его предложение поначалу было отвергнуто, но затем генералы Уильям Шерман и Филип Шеридан начали широко использовать тактику выжженной земли. В 1864 году, когда армия Шермана сжигала всё на своём пути в штате Джорджия, а армия Шеридана уничтожала всех и вся на западе штата Виргиния, Гарфилд уже не воевал. Осенью 1863 года он, ещё будучи военным, участвовал в выборах в Палату представителей и, завоевав мандат конгрессмена, ушёл в отставку.

Гарфилд депутатствовал в нижней палате 17 лет — с 1863 по 1880 годы. Он стал одним из лидеров Республиканской партии в Конгрессе, занимал председательские посты в наиболее важных комитетах Палаты представителей. Кандидатом же в президенты оказался случайно.

В 1880 году республиканцы собрались на свой съезд в Чикаго. Претендентами на пост президента были сенаторы Джон Шерман и Джеймс Блейн, а также бывший президент Улисс Грант. О Гарфилде — как претенденте — речь вообще не заходила. На съезде он возглавлял делегацию штата Огайо, поддерживал кандидатуру Шермана — сенатора от этого штата. Делегаты приступили к выборам и... Один тур голосования следовал за другим, но никому

Джеймс Гарфилд

из претендентов не удавалось получить необходимого для победы числа голосов. После 33-го(!) тура голосования делегаты съезда решили, что нужен компромиссный кандидат. Им стал Гарфилд. В 36-м туре его кандидатуру поддержали 399 делегатов, и этого оказалось достаточно.

На всеобщих выборах соперником Гарфилда был демократ Уинфилд Хэнкок — в прошлом, как и Гарфилд, генерал армии северян. Каждый из них победил в 19 штатах. Но Гарфилд получил голоса 214 выборщиков, Хэнкок — 155-ти. Гарфилд стал первым — и до сих пор единственным — депутатом Палаты представителей, который сменил мандат депутата нижней палаты Конгресса на пост президента.

4 марта 1881 года Гарфилд принял президентскую присягу. Спустя четыре месяца, 2 июля, на него было совершено покушение. Он скончался 19 сентября — на двухсотый день президентства. Лишь один президент пробыл в Белом доме меньший срок: Уильям Генри Гаррисон. Но Гаррисон умер своей смертью. Гарфилд скончался после покушения.

Утром 2 июля Гарфилд приехал на железнодорожный вокзал в Вашингтоне, собрался ехать в свою альма-матер — Уильямс-колледж. Гарфилда сопровождали два сына и два министра — госсекретарь Джеймс Блейн и военный министр Роберт Тодд Линкольн, сын убитого президента. Когда Гарфилд шёл к вагону, к нему подошёл Шарль Гито и дважды выстрелил. «О, Боже! Что это?» — воскликнул, падая, президент.

Шарлю Гито было 40 лет. За шесть лет до покушения на Гарфилда он был признан невменяемым, но его никогда не лечили. В президентской избирательной кампании он агитировал за республиканцев, и после победы Гарфилда решил, что заслужил дипломатический пост. Гито лично обращался к госсекретарю Блейну с просьбой назначить его послом в Вену или в Париж. После нескольких свиданий с Гито терпение Блейна лопнуло, и он выпроводил Гито из своего офиса. Гито решил отомстить президенту, министры которого не ценят его заслуг. Он купил револьвер 44-го калибра. Выбрал револьвер с рукояткой из слоновой кости, поскольку не сомневался, что после убийства президента оружие станет музейным экспонатом.

Суд над Гито состоялся в январе 1882 года. К этому времени Гарфилд уже скончался, и пост президента занял вице-президент Честер Артур. Врачи, лечившие Гарфилда, проявили, недопустимую, преступную, по сегодняшним нормам, небрежность. Они руками — без перчаток, без дезинфекции — искали пулю в теле президента. Началось гнойное воспаление. Сердце Гарфилда не выдержало.

Во время судебного процесса Гито читал свои стихи, громко пел. Невменяемость преступника не облегчила его участь. 25 января 1882 года суд присяжных признал

Гито виновным. 30 июня он был повешен. Направляясь к виселице, он танцевал, затем пожал руку палачу и объявил: «Собираюсь к Господу».

Русская террористическая организация «Народная воля», убившая в том же 1881 году императора Александра II, осудила покушение на президента США и выразила в публичном заявлении «глубокое соболезнование американскому народу по случаю смерти президента Джеймса Абрама Гарфилда». Исполнительный комитет «Народной воли» выступил «против насильственных действий, подобных покушению Гито, в стране, где свобода личности предоставляет возможность для честной идейной борьбы». Далее говорилось: «В России мы ставим своею задачей уничтожение духа деспотизма».

Рассказ о Гарфилде будет неполным, если не упомянуть, о чём рассказывают все без исключения биографы 20-го президента — о его внебрачных связях.

Ко времени инаугурации Гарфилд был женат 23 года. У него и у первой леди Лукреции было пятеро детей — четыре сына и дочь. Была ли семья счастливой? Возможно, президент считал свою семейную жизнь счастливой. Но первая леди вряд ли думала так же. Муж изменял ей постоянно.

Джеймс был настоящим красавцем: рост — 6 футов (183 см), хорошо сложен. Особы женского пола ходили за ним табунами. Он встретился с будущей женой, когда ему и ей было по 19 лет. Они были сокурсниками в семинарии города Честера (штат Огайо). Затем учились вместе в институте в городе Хайрам (штат Огайо). Студенты Джеймс и Лукреция стали встречаться и строить планы совместной жизни. В это время у будущего президента были любовницы, о существовании которых будущая первая леди не догадывалась.

Семье предстояло пережить серьёзное испытание. В 1862 году шла война, а полковник Гарфилд заболел. Военное начальство предоставило ему краткосрочный отпуск. Джеймс Гарфилд поехал в Нью-Йорк, где познакомился с 18-летней Люсией Кэлхун — репортёром газеты «The New York Tribune». Гарфилд увлёкся молодой журналисткой. Вскоре жена заподозрила неладное. Муж признался: грешен. Он обещал поставить точку на связи с Люсией. Жена поверила. После войны, в 1867 году, бывший генерал Гарфилд, ставший депутатом Палаты представителей, поехал по делам в Нью-Йорк и снова встретился с Люсией Кэлхун. Можно только догадываться, как долго продолжалась их связь. Кэлхун стала известной журналисткой. В 1923 году вышла в свет её книга «Современные женщины и что говорят о них» («Modern Women and What is Said of Them»). Книга была переиздана в 2012 году. Автор ни словом не обмолвилась о своих отношениях с Гарфилдом.

После смерти мужа Лукреция вернулась в Огайо. Зиму она проводила в Южной Калифорнии. Конгресс определил вдове президента пенсию пять тысяч долларов в год. Бизнесмен Сайрус Уэст Филд основал для неё фонд, собравший 350 тысяч долларов, Лукреция Гарфилд могла не беспокоиться о деньгах. Она скончалась в 1918 году, через 37 лет после покушения на мужа.

С трудом верится, но после убийства Линкольна не была создана специальная служба охраны президентов. Все последующие президенты ходили и путешествовали без телохранителей. Правда, при Гровере Кливленде появились телохранители, сопровождавшие президентов во время посещения массовых мероприятий. Но это были любители, а не профессионалы. Охрана президента Уильяма Мак-Кинли, о котором речь пойдёт в следующей главе, была практически символической. Только после его смерти Конгресс создал секретную службу для обеспечения безопасности президента. Теодор Рузвельт, ставший президентом после Мак-Кинли, всегда был под защитой секретных агентов. Но как мы убедимся, и секретная служба не всегда помогала.

1900:
Уильям Мак-Кинли
Архитектор XX столетия

Уильям Мак-Кинли был, как и Джеймс Гарфилд, родом из Огайо. Как и Гарфилд, участвовал в Гражданской войне, но закончил её не генералом, а майором. Правда, в отличие от Гарфилда, начавшего войну подполковником, он начал её рядовым. Мак-Кинли — последний из шести президентов-участников войны Союза с Конфедерацией — северян с южанами. Все шестеро воевали в армии Союза, все шестеро были республиканцами. Конфедераты были демократами.

Когда в 1865 году война закончилась, 22-летний отставной майор Мак-Кинли поступил в юридическую школу в городе Олбани, столице штата Нью-Йорк. Закончив её, вернулся в Огайо и сдал экзамен на право заниматься частной адвокатской практикой. Успешному адвокату Мак-Кинли было 34 года, когда началась его политическая карьера. В 1876 году он выиграл выборы в Палату представителей и стал членом делегации законодателей штата Огайо, которую возглавлял конгрессмен Джеймс Гарфилд. Спустя три года конгрессмен Мак-Кинли стал одним из самых горячих сторонников Гарфилда — кандидата в президенты.

Уильям Мак-Кинли

Мак-Кинли депутатствовал в Конгрессе 14 лет с двухлетним перерывом, а в 1892 году он был избран губернатором Огайо. Спустя ещё четыре года 53-летний Мак-Кинли победил на президентских выборах. Его предвыборная кампания вошла в историю как «Front Porch Campaign», то есть «Кампания с домашней террасы».

В то время, как демократ Уильям Дженнингс Брайан разъезжал по стране с популистскими речами, Мак-Кинли оставался в своём доме в городе Кантон. Это вовсе не означало, что он скрывался от избирателей. Ни в коем случае! Встретиться с кандидатом Республиканской партии приезжали делегации отовсюду, и он принимал их на террасе своего дома. Железнодорожные компании всем желающим встретиться с Мак-Кинли гарантировали дешёвые билеты. Но и за дешёвые билеты платила избирательная команда Мак-Кинли, собравшая больше трёх миллионов долларов. Он встречался с приезжими шесть дней в неделю, кроме воскресенья.

Мак-Кинли не присутствовал и в Сент-Луисе на съезде Республиканской партии, который номинировал его кандидатом в президенты в первом же туре голосования. Он разговаривал с делегатами съезда по телефону. Интересно, что съезд в Сент-Луисе открывал раввин местной синагоги Самуэль Сале.

Главным событием первого президентского срока президента Мак-Кинли стала война с Испанией. Поводом к войне послужил взрыв 15 февраля 1898 года американского линкора «Мэн» в бухте Гаваны — столицы испанской колонии Куба. Линкор затонул. 266 матросов погибли. Американские газеты тут же обвинили Испанию.

17 февраля «New York Journal» опубликовала на первой полосе статью под гигантской шапкой «Уничтожение военного корабля «Мэн» — дело рук врага». Ниже следовали подзаголовки: «Заместитель военно-морского министра Рузвельт уверен, что взрыв военного корабля — не несчастный случай», «Военно-морские офицеры единодушны: военный корабль был взорван намеренно», «Считают, что скрытая мина или торпеда были оружием». Газета предлагала 50 тысяч долларов за поимку и осуждение преступников.

Стивен Кинзер, автор бестселлера «Истинный флаг: Теодор Рузвельт, Марк Твен и рождение американской империи» («The True Flag: Theodore Roosevelt, Mark Twain, and the Birth of American Empire»), назвал эту первую газетную страницу «самой лживой в истории американской журналистики». Тем не менее, издатель Уильям Рэндольф Херст добился поставленной цели: Соединённые Штаты объявили войну Испании. Освещение войны в газетах увеличивало тиражи. У Херста были союзники среди политиков: заместитель военно-морского министра Теодор Рузвельт и сенатор из Массачусетса Генри Кэбот Лодж. Все трое считали, что Соединённые Штаты созрели для владения заморскими территориями. Изгнание Испании из её колоний позволяло решить эту задачу.

Правительство Испании объявило о непричастности испанцев к взрыву американского крейсера. Херст считал иначе. Его газета назвала Испанию виновницей. Сообщение «New York Journal» подхватили другие газеты. По стране прокатились антииспанские демонстрации. Горячие головы не отрезвило проведённое командованием военно-морского флота расследование, которое не установило виновного. 28 марта президент Мак-Кинли обратился к Конгрессу за разрешением отправить войска на Кубу. Через две недели Конгресс объявил Испании войну. В результате войны Испания потеряла не только Кубу и Пуэрто-Рико, но и свои колонии в Тихом океане, в частности, Филиппины и Гуам.

Кто же несёт ответственность за взрыв крейсера «Мэн»? Теорий предостаточно. Но ни одна не обвиняет испанцев. В 1976 году расследование, проведённое по инициативе адмирала Хаймена Риковера, пришло к выводу, что причиной взрыва оказался пожар, возникший в угольном бункере. В 1998 году журнал «National Geographic» провёл своё расследование, в результате которого появилась версия: крейсер взорвался на мине, каких было не счесть в гавани Гаваны. Может быть, виновато командование корабля, не потрудившееся очистить воды?

Победа в войне вознесла до небес популярность Мак-Кинли, и в 1900 году он легко добился переизбрания на второй срок. Теодор Рузвельт был избран вице-президентом.

В начале сентября 1901 года президента Мак-Кинли пригласили как почётного гостя на Панамериканскую торгово-промышленную выставку в город Буффало, на северо-западе штата Нью-Йорк. И здесь 6 сентября он стал жертвой покушения. В него дважды стрелял 23-летний Леон Чолгош, родившийся в Детройте сын польских эмигрантов. Он был безработным, поисками работы не занимался, свободного времени было предостаточно. Чолгош увлёкся анархизмом. Этот интерес свёл его с Эммой Голдман.

Ныне Эмма Голдман почти забыта, а в конце XIX — начале XX веков её имя гремело по всей Америке. В 1886 году в возрасте 17 лет Голдман эмигрировала из России и нашла работу на ткацкой фабрике в Рочестере (штат Нью-Йорк). Вскоре она присоединилась к движению революционеров-анархистов. Голдман познакомилась с Александром Беркманом, также эмигрантом из России, который был лидером американских анархистов. Они разъезжали по стране с призывами к восстанию. В 1893 году на нью-йоркской площади Юнион-сквер Голдман обратилась к толпе: «Требуйте работы! Не дают работы — требуйте хлеба! Не дают хлеба — возьмите его сами!» После этого митинга Голдман была арестована в первый раз. Второй раз она оказалась за решёткой 10 сентября 1901 года, через четыре дня после покушения Чолгоша на президента Мак-Кинли: на первом допросе преступник сказал, что в мае был на выступлении Голдман в Кливленде, а 12 июля встречался с ней в её чикагском доме.

31 августа Чолгош прочитал в одной из чикагских газет, что президент готовится посетить Панамерикан-

скую выставку в Буффало. Он тут же отправился поездом в Буффало и снял комнату в дешёвом отеле. 5 сентября он присутствовал на выступлении Мак-Кинли, но не мог подойти достаточно близко к президенту. Чолгош отложил убийство на следующий день, когда, согласно расписанию, президент должен был посетить музыкальный павильон. Джордж Кортельо, личный секретарь президента, пытался отговорить его: слишком опасно. «Никто не желает мне зла»,— ответил Мак-Кинли.

Президент приветствовал посетителей, выстроившихся в очередь, чтобы пожать ему руку. Когда очередь дошла до Чолгоша, он выстрелил в упор один раз, затем — второй. Мог бы и третий, но его сбил с ног здоровенный негр. На Чолгоша навалились, стали избивать. «Ребята, полегче с ним»,— попросил раненый президент.

Одна пуля едва задела Мак-Кинли, вторая попала в живот и застряла в мышцах спины. Рана не была смертельной. Мак-Кинли начал выздоравливать. Вице-президент Рузвельт и министры кабинета, приехавшие в Буффало, вскоре покинули город, не сомневаясь, что президент быстро встанет на ноги. Но 12 сентября, на шестой день после покушения, состояние Мак-Кинли стало ухудшаться. 14 сентября он скончался.

На выставке в Буффало экспонировался первый рентгеновский аппарат. С его помощью было легко определить, где находится пуля. Но этот аппарат так и остался всего лишь экспонатом.

Смерть Мак-Кинли оплакивала вся страна. Газеты писали о «павшем Вожде», «мученике», сравнивали Мак-

Кинли с Линкольном, даже с Христом. Со времени Эндрю Джексона не было президента, которого страна любила так, как его. В годы президентства Мак-Кинли американцы поверили в исключительность своей страны. Об «american exeptionalism» писал побывавший в Америке при президенте Джексоне француз Алексис де Токвиль. Кое-кто ведёт отсчёт американской исключительности с Джона Уинтропа, одного из основателей Колонии Массачусетского залива, обратившегося в 1630 году к своим единоверцам с проповедью, в которой назвал новую страну обитания «Градом на Холме». Но только при президенте Мак-Кинли американцы стали считать свою страну исключительной, какой не было и нет в мире. При президенте Мак-Кинли Соединённые Штаты стали сверхдержавой.

23 сентября, через девять дней после смерти Мак-Кинли, Чолгош предстал перед судом. Суд был недолгим — три дня. Присяжным потребовалось полчаса, чтобы признать обвиняемого виновным. 29 октября преступник закончил жизнь на электрическом стуле. Перед тем, как отправиться в мир иной, он будто бы сказал: «Я убил президента, потому что он был врагом честных трудящихся. Я не жалею о своём преступлении».

Арестованную 10 сентября Эмму Голдман отпустили через две недели. Её участие в планировании покушения не было доказано. Это был её второй арест. За ним последовали ещё несколько. Спустя 18 лет, в конце 1919 года, Голдман и Беркмана посадили вместе с большой группой иммигрантов из бывшей Российской империи на пароход и отправили в Советскую Россию. Высланные не сомневались, что новая власть примет их с распростёртыми объятиями, и они готовились помогать ей. Но хлебнувшие американской свободы анархисты быстро поняли, что заблуждались. Кое-кто из них нашёл смерть в государстве рабочих и крестьян. Эмме Голдман и Александру Беркману повезло: им удалось уехать.

Едва не стал жертвой покушения Теодор Рузвельт. Но в него стреляли, когда он уже не был президентом — 14 октября 1912 года. Джон Шрэнк стрелял в Рузвельта, когда бывший президент шёл к автомобилю после выступления в Милуоки. Пуля попала Рузвельту в грудь и… Во внутреннем кармане пиджака лежали сложенные вчетверо 50 страниц текста его выступления и стальной футляр от очков. Это и спасло ему жизнь. Преступника признали умалишённым. Он скончался в сумасшедшем доме через 31 год после неудавшегося покушения.

Американский историк и журналист Роберт Мерри, автор биографии Мак-Кинли, назвал своего героя «архитектором американского столетия» — XX века. Такая характеристика справедлива. Не только потому, что при Мак-Кинли Соединённые Штаты превратились в сильнейшую — в военном отношении — в мире страну. Мак-Кинли развил доктрину свободной торговли. Он заставил власти Китая «открыть двери» для купцов и торговцев всего мира. При Мак-Кинли начались «специальные отношения» Соединённых Штатов с Британией. Фундамент внешней политики Теодора Рузвельта был заложен Уильямом Мак-Кинли. Однако сегодня немногие американцы знают что-либо о Мак-Кинли. В школах он вряд ли упоминается. Если студент колледжа не пожелает знакомиться с историей своей страны,— а это позволительно в абсолютном большинстве вузов,— то покидает стены высшего учебного заведения, так ничего и не узнав об этом президенте. Но вот в первых числах сентября 2015 года Мак-Кинли вдруг оказался в центре внимания СМИ. Появился повод.

Находясь в штате Аляска, Барак Обама распорядился президентским указом вернуть высочайшей в Северной Америке горе, названной в часть Уильяма Мак-Кинли, её прежнее название Денали — «высочайшая», на языке туземцев. Геологическая служба США закрепила за горой название Мак-Кинли ещё при его жизни, в 1900 году. В отчёте этой службы в 1901 году говорилось о «районе горы Мак-Кинли». В 1917 году президент Вудро Вильсон официально подтвердил название горы в честь Мак-Кинли, подписав принятый Конгрессом закон о создании Национального парка горы Мак-Кинли на территории Аляска (Аляска стала штатом в 1959 году).

Не следует гадать, чем руководствовался Обама, решив убрать с карты имя Мак-Кинли. Дед Обамы, кениец, был однажды избит в британской колонии Кения белыми колонизаторами. Внук испытывал со школьных лет ненависть к колонизаторам-империалистам. Едва переступив порог Белого дома, он убрал из Овального кабинета бюст «империалиста» Черчилля — с глаз долой! А с географических карт исчезло название горы, связанное с именем президента, при котором страна стала империей. Обама вряд ли знал что-либо о расовой политике Мак-Кинли. Главнокомандующий американской армией президент Мак-Кинли не только убеждал афроамериканцев записываться в армию, но и основал учебные программы для пополнения армии чернокожими офицерами. Негры-офицеры служили в армии и в годы президентов-республиканцев Теодора Рузвельта и Уильяма Говарда Тафта. Но сменивший в 1913 году Тафта демократ Вудро Вильсон «очистил» армию от негров.

Дональд Трамп вернул бюст Черчилля в Овальный кабинет.

1920:
Уоррен Хардинг
Отец внебрачной дочери

Не часто отцовство устанавливается через 92 года после смерти отца. В августе 2015 года была поставлена точка на продолжавшихся почти девять десятилетий спорах о внебрачной дочери президента Соединённых Штатов Уоррена Хардинга. В 1927 году, через четыре года после его смерти, вышла в свет книга «Дочь президента» («The President's Daughter»). Автор Нэн Бриттон писала, что президент Хардинг — отец её дочери Элизабет.

Нэн Бриттон решилась написать книгу, оказавшись без средств к существованию. Родственники скончавшегося президента отказались помогать ей и её дочери. У неё не оставалось выбора. Бриттон не нашла издательства для публикации книги. Она организовала фонд помощи матерям-одиночкам, и на деньги фонда напечатала книгу. Конгрессмен Джон Тилман внёс на рассмотрение Конгресса резолюцию о запрете продажи книги. Однако законодатели провалили резолюцию. Книга «Дочь президента» стала бестселлером, но многие подвергали сомнению факт отцовства Хардинга. В августе 2015 года всякие сомнения отпали. ДНК-тест доказал: Хардинг был отцом Элизабет.

Нэн Бриттон была не единственной любовницей Хардинга, которого Майкл Джон Салливан, автор книги «Любовницы американских президентов» («Presidential Passions»), назвал «образцом развратника». Он, конечно, уступает по числу любовниц Джону Кеннеди, Линдону Джонсону, Биллу Клинтону. Но список развратников в Белом доме возглавляет Уоррен Хардинг. Сегодняшним американцам — я имею в виду тех, кто интересуется историей, — Хардинг известен как один из худших президентов в истории Америки, а некоторые историки считают его самым худшим. И вовсе не потому, что он был развратником.

Хардинг пробыл президентом недолго: заступил он на пост 4 марта 1921 года, скончался 2 августа 1923-го. Вскоре после смерти Хардинга выяснилось, что крупные чины его администрации — в частности, министр по природным ресурсам Альберт Фолл и директор Бюро по делам ветеранов Чарльз Форбс — погрязли в коррупции. Знал ли Хардинг о взяточниках? Вряд ли. Нет никаких доказательств, что знал. И лично не был замешан в финансовых скандалах. Но скандалы связывают с его правлением, так что пятно легло на его репутацию.

В 2013 году газета «New York Times» попросила историков расставить по ранжиру всех президентов — от Джорджа Вашингтона, 1-го президента, до Барака Обамы, 44-го. Хардингу досталось 41-е место. Опрос, проведённый среди историков социологической службой Колледжа Сиена, отвёл Хардингу 43-е место, предпоследнее. Но действительно ли Хардинг столь плох?

Уоррен Хардинг принял страну во время глубокого экономического кризиса. После окончания Первой мировой войны, которую никто, конечно, не называл Первой, поскольку до Второй было ещё двадцать лет, экономика Америки находилась в плачевном состоянии. Национальный долг достиг 27 миллиардов долларов — в девять раз больше, чем пятью годами ранее. Уровень безработицы вырос до 11,7 процента — в стране было почти пять миллио-

Уоррен Хардинг

нов безработных. Дефляция — падение цен — составила 15,8 процента. Это была экономическая катастрофа редкого масштаба в истории страны. Причины были две: огромные расходы на войну и вмешательство в экономику администрации президента-демократа Вудро Вильсона.

Инаугурация Хардинга 4 марта 1921 года отличалась от большинства предыдущих инаугураций: никакого грандиозного помоста у Капитолия, никаких парадов, никаких балов и банкетов. Новый президент не желал расходовать деньги на мишуру. В инаугурационной речи он объявил о своей экономической программе: «Мы можем сократить чрезмерные расходы, и мы это сделаем. Мы можем отменить военное налогообложение, и мы должны это сделать. Нам нужна жёсткая, но здоровая экономика в сочетании со справедливым налогообложением».

12 апреля, через месяц и неделю после инаугурации, Хардинг выступил на Объединённой сессии Конгресса с программой экономического выздоровления. «Возвращение к нормальной жизни» («A Return to Normalcy») — так он назвал эту программу. Среди прочего программа предусматривала сокращение национального долга и снижение налогов.

Высшая норма подоходного налога достигла в 1920 году 77 процентов, она была снижена до 24-х. В 1920 году федеральный бюджет предусматривал расходы в 18,5 миллиарда долларов. В 1921-м — 6,4 миллиарда. Когда Хардинг стал президентом, уровень безработицы составлял, как мы уже знаем, 11,7 процента, а в 1922-м упал до 6,7. Валовой национальный продукт вырос с 69,6 миллиардов в 1921 году до 74,1 миллиарда в 1922-м. Америка вступила в период процветания — «ревущие двадцатые годы», как назвали эту эпоху. Хардинг не дожил до расцвета. Он скоропостижно скончался 2 августа 1923 года.

Почему историки считают Хардинга одним из худших президентов? В большинстве своём это люди левых взглядов: марксисты, социалисты, либералы, прогрессисты. Они без всякого почтения относятся к частному сектору, будучи уверенными, что экономикой должно управлять умное всезнающее правительство. А Хардинг доверял частнику. «Меньше правительства в бизнесе!» — таким был один из его предвыборных лозунгов. Многие историки не любят таких президентов. Не потому ли они «забыли» о депрессии начала 20-х годов, поскольку её победил президент-рыночник? Хардинга вряд ли волновало, что будут думать о нём историки. Десятилетия спустя Рональда Рейгана как-то спросили, как он себе представляет своё место в истории. «Меня это не волнует,— сказал Рейган.— Когда историки займутся этим, меня уже не будет». Предполагаю, что и Хардинг ответил бы также на подобный вопрос.

Хардинг был высоким (6 футов — 183 сантиметра) красивым парнем. От поклонниц не было отбоя. Однажды отец сказал сыну: «Уоррен, если бы ты был девицей, то всегда ходил бы на сносях». «Почему?» — удивился сын. «Ты просто не умеешь сказать: «Нет»»,— ответил отец-врач.

В 1882 году 17-летний Хардинг окончил в городе Иберия (штат Огайо) местный колледж. В колледже он основал и редактировал газету «Iberia Spectator». После колледжа учительствовал полгода в школе в городе Марион («Самая трудная в моей жизни работа»,— говорил он позднее), затем недолго учился на юриста, по настоянию отца, работал страховым агентом, пока не устроился репортёром в газету «Marion Mirror». А в 1884 году 19-летний Хардинг стал совладельцем «Marion Star». Основанная семью годами ранее эта газета терпела убытки и должна была вот-вот прекратить существование. Хардинг с двумя приятелями купили её за 300 долларов и быстро поставили на ноги. Вскоре Хардинг стал единоличным владельцем газеты. И он стал одним из первых в стране издателей, которые делили прибыль со своими сотрудниками. Репортёры и печатники получали 25 процентов прибыли.

Расцвет газеты «Marion Star» непосредственно связан с Флоренс Хардинг — женой издателя. Флоренс было 30 лет, когда она встретила 25-летнего Уоррена, и немедленно решила: он будет её мужем. Однако у Хардинга не было ни малейшего желания связывать себя брачными узами. Флоренс не отступала. Она старалась быть всюду, где бывал Уоррен, преследовала его. Ничто не могло остановить напористую Флоренс. В конце концов, Хардинг сдался.

К этому времени Хардинг уже окунулся в политику, стал депутатом верхней палаты законодательного собрания штата Огайо. Руководство газетой взяла в свои руки Флоренс, Duchess — Герцогиня, как называл её муж. У Герцогини была предпринимательская хватка. Она организовала в газете отдел доставки, купила новое типографское оборудование, установила связь с общенациональными информационными службами. Особое внимание Флоренс уделяла работе с мальчишками, которые продавали газеты на улицах Мариона. Один из них, Норман Томас, ставший годы спустя кандидатом Социалистической партии в президенты, вспоминал, что госпожа Хардинг была той силой, которая двигала газету.

Газета процветала, а её владелец пересел в 1905 году из кресла депутата верхней палаты легислатуры в кресло вице-губернатора штата Огайо. В этом же году 40-летний Хардинг познакомился с 30-летней Кари Филлипс — женой владельца крупнейшего в городе супермаркета Джима Филлипса. Хардинги и Филлипсы были соседями, случалось, ходили друг к другу в гости. Кари была на 15 лет моложе Флоренс, и, в отличие от Герцогини, во всем следовала моде. Семьи-соседи часто проводили время вместе. Кари и Флоренс стали близкими подругами. Две семьи совершали совместные поездки в Европу и на

Багамские острова. Муж Кари Филлипс и жена Уоррена Хардинга ничего не подозревали. Но в 1911 году Герцогиня обнаружила письма Кари к её мужу и потребовала развода, Хардинг отказался. В это время он уже подумывал о депутатстве в Сенате, и развод мог нарушить его планы. Хардинг обещал расстаться с Кари. Кари Филлипс уехала жить в Германию. Вскоре после начала мировой войны она вернулась в Америку убеждённой германофилкой, открыто поддерживала Кайзера и критиковала антигерманскую политику президента Вудро Вильсона. Хардинг, в это время уже депутат Сената, поддерживал политику президента. Но война войной, а Кари и Хардинг возобновили прежние отношения.

Летом 1917 года прогерманские и антиамериканские выступления Кари Филлипс привлекли внимание Бюро расследований — предшественника ФБР. Агенты Бюро установили слежку за Кари, и им не составило труда узнать о её связи с сенатором Хардингом. А в 1920 году съезд Республиканской партии в Чикаго номинировал сенатора Хардинга кандидатом в президенты. Этому съезду мы обязаны словосочетанием «прокуренная комната» («smoke-filled room»).

Незадолго до съезда Гарри Докерти, менеджер избирательной команды Хардинга, сделал прогноз, оказавшийся пророческим: «Я не думаю, что сенатор Хардинг будет номинирован в первых турах голосования. И если голосование не завершится к двум часам ночи, полтора десятка мужчин с сонными глазами рассядутся у стола, и кто-то из них спросит: «Так кого же мы номинируем?» И в этот момент кто-то из друзей сенатора Хардинга назовёт его имя».

Прогноз сбылся. На съезде в Чикаго один тур голосования следовал за другим, но никто из главных претендентов на номинацию не мог заручиться необходимой поддержкой делегатов съезда. Хардинг не был в числе главных. После девятого тура, итоги которого были подведены далеко за полночь, еле стоявшие на ногах от усталости менеджеры претендентов удалились на совещание. В комнате, тонувшей в густом сигарном дыму, они пытались найти компромисс. И нашли: Хардинг.

Перед тем, как объединиться вокруг Хардинга, они вызвали сенатора и задали ему только один вопрос: не скрывает ли он скелет в шкафу? Иными словами: не скрывает ли он какой-то факт, который — в случае обнаружения — нанесёт удар по его репутации. На раздумья у Хардинга ушло несколько секунд: «Джентльмены, как перед Богом могу заверить вас: нет причины, по которой я не мог бы быть президентом Соединённых Штатов».

Трудно — почти невозможно — поверить, но факт остаётся фактом: ни журналисты, ни демократы-соперники республиканца Хардинга даже не сделали попытки обнаружить «скелет». И это при том, что агенты Бюро расследований знали о связи Хардинга с Кари Филлипс. Не могли не знать об этом и в министерстве юстиции, в подчинении которого находилось Бюро расследований. Боссы Республиканской партии, как только узнали о «скелете», отделались от госпожи Филлипс деньгами из партийной кассы. Они оплатили Кари и её мужу многомесячную — на время предвыборной кампании — зарубежную поездку. А чтобы Кари молчала, вернувшись из поездки, положили ей ежегодный оклад. Однако ко времени выдвижения

Хардинга кандидатом в президенты в его шкафу был уже не один «скелет».

Соседями Хардингов была семья доктора Бриттона. Время от времени Уоррен Хардинг бывал в этом доме, и дочь доктора Нэн, школьница, влюбилась в Хардинга без памяти. Подружки Нэн украшали стены своих комнат вырезанными из журналов фотографиями кинозвёзд и спортивных кумиров. Комната Нэн была увешана фотографиями Хардинга. Однажды доктор попросил Хардинга поговорить с дочерью, образумить её. Хардинг согласился. Он сказал Нэн, что наступит день, когда она найдёт «человека своей мечты, близкого по возрасту». Но Нэн продолжала мечтать только о Хардинге. Она старалась увидеть его, где только возможно, не попадаясь ему на глаза. Она обнаружила, что Хардинг встречается с Кари Филлипс, и решила: если он может быть не с женой, а с другой женщиной, то почему бы ей не быть этой другой?

В 1914 году Нэн Бриттон окончила школу и поехала в Нью-Йорк учиться на секретаршу. Весной 1917 года она написала Хардингу письмо с просьбой помочь ей найти работу. Хардинг, в то время уже сенатор, ответил, что приедет, как только у него будут дела в Нью-Йорке. Он приехал и помог ей устроиться стенографисткой в нью-йоркский офис сталелитейной корпорации. Во второй приезд в Нью-Йорк на встречу с Нэн Хардинг чудом избежал скандала, который мог поставить крест на его политической карьере.

В дешёвый отель, где Хардинг снял комнату, чтобы быть вместе с Нэн, нагрянула полиция, которой сообщили, что господин в годах удалился с несовершеннолетней. «Она совершеннолетняя»,— сказал Хардинг полицейскому.

«Вы скажете об этом судье»,— пригрозил полицейский. В это время его партнёр изучал вещи полураздетого мужчины и, взяв в руки шляпу, увидел надпись на внутренней ленте: «Senator Warren G. Harding». Он показал своё открытие коллеге, и, вспоминала годы спустя Нэн Бриттон, «детективы стали предельно вежливыми». Хардинг дал одному из них 20-долларовую купюру. «Я думал, мне не хватит и тысячи долларов, чтобы откупиться»,— сказал Хардинг Нэн.

Хардинг и Нэн продолжали встречаться. Он приезжал раз в неделю в Нью-Йорк. Она приезжала в Вашингтон. Встречались они не только в отелях. Случалось и в Сенате — в кабинете Хардинга. Перед одной из таких встреч любовники выяснили, что нет презерватива. Сенатор успокоил возлюбленную: он в детстве переболел свинкой и поэтому бесплоден. Вскоре Нэн призналась: она беременна. Просьбы Хардинга об аборте Нэн отвергла. 22 октября 1919 года она родила девочку, которую назвала Элизабет Энн.

Депутатский мандат сенатора Уоррен Хардинг считал вершиной своей политической карьеры. О Белом доме он не задумывался. Иного мнения придерживалась Флоренс. Встречаясь с друзьями мужа, она просила их втолковать Уоррену: Сенат — это не предел. Хардинг поддался давлению жены и выдвинул свою кандидатуру в президенты. Однако приехав в Чикаго на съезд Республиканской партии, Хардинг не предпринимал активных попыток заручиться голосами делегатов съезда. Зато он назначил Нэн свидание в одном из отелей города. Свидеться не удалось, потому что Герцогиня не отпускала мужа от себя, не спускала с него глаз. Она приехала в Чикаго с одной целью: муж должен стать кандидатом в президенты. Он стал кандидатом, а в ноябре победил на всеобщих выборах.

Таким образом, во время съезда Республиканской партии, в шкафу сенатора Хардинга был не один «скелет». О его связи с Кари были осведомлены агенты Бюро расследований, о его связи с Нэн знали двое нью-йоркских полицейских. И если после номинации на пост президента Хардинг поставил точку на отношениях с Кари Филлипс, то встречи с Нэн продолжались. Бывало, он виделся, с Нэн и в Белом доме, когда его жена также находилась в стенах президентской резиденции. Однажды агентам секретной службы пришлось грудью защищать от первой леди дверь комнаты, куда президент удалился с Нэн. И Нэн постоянно получала от него деньги на ребёнка.

Внезапная смерть Хардинга на 58-м году жизни — он умер 2 августа 1923 года в Сан-Франциско — потрясла страну. Президент был любим и уважаем. Флоренс пережила мужа на 15 месяцев.

Кари Филлипс умерла в 1969 году в возрасте 86 лет. Сохранившиеся к ней письма Хардинга стали предметом судебной тяжбы между дочерью Кари и племянниками Хардинга. 29 июля 2014 года Библиотека Конгресса открыла для читателей переписку Кари Филипс с Уорреном Хардингом.

Внучатый племянник Уоррена Хардинга, врач Питер Хардинг, долгие годы сомневался в правдивости рассказов о внебрачной дочери президента Хардинга. Сомневался, пока не обнаружил в библиотеке покойного отца книгу «Дочь президента». Нэн Бриттон широко цитирует в ней письма Хардинга. Питер Хардинг сравнил эти письма с опубликованными письмами Хардинга к Кари Филлипс и обратил внимание на сходство стиля. Тогда-то ему и пришла в голову мысль о ДНК-тесте.

72-летний Питер Хардинг сумел связаться с 65-летним Джеймсом Блэйсингом — внуком Нэн Бриттон — и спросил, не откажется ли он стать одним из участников ДНК-теста. Блэйсинг согласился.

Вскоре Питер Хардинг и Джеймс Блэйсинг знали: они — родственники. Генеалогический тест однозначно доказал: президент Хардинг — отец Элизабет Бриттон. Результаты теста были оглашены в августе 2015 года. К этому времени в живых не было ни Нэн Бриттон, ни Элизабет. Нэн Бриттон умерла в 1990 на 95-м году жизни. Её дочь скончалась в 2005 году в 86 лет.

«Правда восторжествовала. Мои бабушка и мать всегда говорили мне, что президент Хардинг — мой дед,— такой была реакция Джеймса Блэйсинга.— Я никогда не сомневался в этом».

1940:
Франклин Делано Рузвельт
Инвалид в Белом доме

Франклина Делано Рузвельта считают одним из трёх великих президентов, вместе с Джорджем Вашингтоном и Авраамом Линкольном.

Рузвельт — единственный в истории президент, избиравшийся больше двух раз, четыре, и чтобы никому в дальнейшем подобное было неповадно, после его смерти была принята поправка к Конституции, ограничивающая президента двумя сроками.

Рузвельт — единственный в истории президент, избранный инвалидом. Болезнь посадила его в инвалидное кресло задолго до первой победы на президентских выборах.

Франклин Делано Рузвельт родился в 1882 году. Отец Джеймс и мать Сара были потомками голландских поселенцев, которые основали город Новый Амстердам, ставший Нью-Йорком, и расселялись с начала XVII века к северу от города на берегах реки Гудзон.

Франклин был единственным в семье ребёнком, обожаемым матерью. Начальное образование он получил дома, куда приходили учителя. В 14 лет поступил в частную школу Гротон, где учились дети из привилегированных семей и где их готовили к поступлению в университеты «Лиги плюща» — лучшие учебные заведения страны. 18-летний Франклин поступил в Гарвардский университет. Когда он учился на первом курсе, скончался отец. Всё внимание матери, вся её энергия переключились на сына — высокого красавца (рост 6 футов 1 дюйм — 185 сантиметров). Мать старалась оберегать сына от поклонниц. Университет находился в Кембридже, пригороде Бостона, в двухстах милях от семейного имения Рузвельтов на берегу Гудзона. Мать бомбардировала сына письмами, предостерегая от легкомысленных связей. История донесла до нас имена его пассий. Некоторые, как свидетельствуют историки, отвечали оплеухами на слишком назойливые ухаживания Франклина. Возможно, что Элеонора, будущая жена, была его первой женщиной.

Дальние родственники, Элеонора и Франклин, познакомились в декабре 1898 года на рождественской вечеринке. Они были школьниками. Ей только-только исполнилось 14 лет, ему через месяц исполнялось 17. Элеонора была дочерью Эллиота Рузвельта — младшего брата Теодора Рузвельта, 26-го президента США. Отец Элеоноры, скончался, когда ей было 10 лет. Мать умерла, когда ей было восемь. Девочку взяла на воспитание бабушка со стороны матери — Мэри Левингстон Ладлоу, из рода Левингстонов. Этот род включал несколько исторических фигур, в частности — Филипа Левингстона, который был в числе подписавших Декларацию Независимости и участвовал в создании Конституции США.

Элеонора и Франклин часто виделись на балах в Нью-Йорке. Они встречали 1903 год в Белом доме, куда их пригласил президент Теодор Рузвельт. К этому времени Франклин завершил четырёхлетний курс в Гарварде и готовился к поступлению в юридическую школу Колумбийского университета.

22 ноября 1903 года Франклин сделал Элеоноре предложение. В декабре они объявили родным о своём решении. Венчание состоялось 17 марта 1905 года в присутствии дяди невесты — Теодора Рузвельта. Несколькими днями ранее он начал свой второй президентский срок и с радостью повёл племянницу к алтарю. А жениху сказал: «Ты молодец, Франклин. Невеста с фамилией Рузвельт остаётся Рузвельт и после замужества». Вскоре у неё появился первенец — дочь Анна. В 1907 году Элеонора родила первого сына. В этом же году Франклин сдал экзамен на право заниматься адвокатской практикой. Спустя четыре года, в 1911 году, началась политическая карьера Рузвельта — демократа, а не республиканца, как его родственник Теодор. Франклин был избран депутатом верхней палаты законодательного собрания штата Нью-Йорк. А в марте 1913 года Вудро Вильсон, новый президент США, назначил 31-летнего Рузвельта заместителем военно-морского министра. В это время он уже был отцом дочери и двух сыновей, на подходе был ещё один сын.

В 1913 году, когда Франклин стал вторым лицом в военно-морском министерстве, семья переехала в Вашингтон, и Элеонора занялась поисками помощницы, знакомой с жизнью высшего столичного света. Вскоре она познакомилась с Люси Мерсер. Элеонора навела о ней справки и выяснила, что молодая женщина — дочь богатых, но разорившихся родителей. Её отец был в составе полка «Мужественные всадники», которым командовал Теодор Рузвельт в американо-испанской войне 1898 года. 23-летняя Люси Мерсер приняла предложение

Франклин Делано Рузвельт

Элеоноры Рузвельт стать её личным секретарём, и вскоре Люси чувствовала себя в семье Рузвельтов родным человеком. Она следила за финансами семьи, вела переписку Элеоноры, помогала ей в уходе за детьми.

Отношения Люси Мерсер и Франклина Рузвельта начались летом 1916 года, когда Элеонора уехала с детьми в летний дом Рузвельтов на канадском острове Кампобелло в заливе Фанди на границе с Соединёнными Штатами. В конце XIX века этот остров облюбовали богатые нью-йоркцы, скрывавшиеся от августовской жары. В начале 80-х годов родители Франклина Делано Рузвельта построили на Кампобелло 34-комнатный особняк. Юный Франклин отдыхал здесь в летние месяцы — плавал, грёб на каноэ, учился управлять парусами. Много позже здесь стала проводить лето и Элеонора с детьми. Люси Мерсер предоставлялся на это время отпуск, она оставалась в Вашингтоне.

О связи заместителя военно-морского министра Рузвельта с личным секретарём его жены судачил чуть ли не весь Вашингтон. Рузвельт приглашал Люси на светские рауты, приглашал на застолья, устраиваемые президентом

Вудро Вильсоном. Алиса Рузвельт, дочь Теодора Рузвельта, часто предоставляла свой дом в распоряжение Франклина и Люси. Когда ей однажды сказали, что Франклин ведёт себя недостойно по отношению к жене, Алиса возразила: «Он женат на Элеоноре и, значит, заслужил право на это». В 1917 году Элеонора рассчитала Люси Мерсер, но Франклин тут же устроил её в военно-морское ведомство. Люси был присвоен военный чин.

Элеонора узнала о связи мужа со своей бывшей секретаршей случайно. В 1918 году заместитель военно-морского министра Рузвельт отправился в Европу, где шла война. Он провёл там два месяца. На обратном пути в Америку, во время плавания, Рузвельт заразился гриппом, «испанкой», который косил одного за другим пассажиров и членов команды океанского судна. Он вернулся в Америку совершенно разбитым и слёг в постель. Распаковывая багаж мужа, Элеонора обратила внимание на письма со знакомым ей почерком. Она принялась за чтение и...

«Земля ушла у меня из-под ног... Мир, в котором я жила, перевернулся»,— говорила Элеонора Рузвельт много лет спустя своему другу журналисту Джозефу Лэшу.

Элеонора потребовала развода. Развод означал конец политическим мечтам Франклина. Сара объявила сыну: если он оставит жену с шестью детьми, то может поставить крест на карьере. Мать не преминула добавить, что в случае развода он не получит от неё ни цента. Франклин попросил Элеонору остаться его женой. Она согласилась, но поставила два условия. Первое: они никогда не будут спать в одной кровати. Второе: он обязуется никогда впредь не видеть Люси Мерсер. Рузвельту не составляло труда выполнить первое условие. Что же касается второго, то он не сдержал данного слова. Правда, в первые годы после скандала Рузвельт не встречался с Люси. В 1920 году она, 29-летняя, вышла замуж за 58-летнего богатого вдовца Уинтропа Рутерфорда. В этот год Рузвельт баллотировался в вице-президенты. Демократы выборы проиграли, он стал частным гражданином и приготовился вернуться к юридической практике. Но прежде, чем приступить к работе в адвокатской фирме, Рузвельт решил несколько месяцев отдохнуть. Летом 1921 года он отдыхал на полюбившемся с детских лет острове Кампобелло.

9 августа Рузвельт и его приятели ловили рыбу с небольшой яхты. В какой-то момент яхта качнулась, и Франклин оказался в воде. Хорошему пловцу не составило труда забраться на борт, и рыбалка продолжалась. Следующий день, 10 августа, он провёл с детьми на семейной яхте. Закончили они день трёхкилометровой пробежкой от берега залива к своему дому. Вечером Франклин почувствовал себя неважно и лёг в постель с высокой температурой. Утром 11-го он еле поднялся с кровати. Вечером 12-го не мог держаться на ногах. На следующий день осознал: ноги отнялись. Врачи не могли поставить диагноз. Только в больнице Нью-Йорка установили: полиомиелит. Купанье в течение нескольких минут в ледяной воде не прошло бесследно. В 39 лет Франклин Делано Рузвельт стал инвалидом.

Закономерен вопрос: как инвалид мог быть избран в 1928 году губернатором штата Нью-Йорк? И ещё вопрос: как инвалид мог быть избран в 1932 году президентом страны? И такой вопрос: как американцы переизбирали на очередной срок инвалида-президента в 1936-м, и в 40-м, и в 44-м годах?

Только после смерти Рузвельта страна узнала, что он был инвалидом. Это знали, конечно, люди, общавшиеся с ним, в том числе и журналисты. Но сведения о здоровье Рузвельта не проникали в печать. Этого не могло бы, конечно, произойти в век кабельного телевидения, интернета и социальных сетей. Но до этого века было ещё далеко, а окружавшие Рузвельта люди умели хранить тайну. Фотографировали его сидящим. То в кресле в Белом доме. То в автомобиле. На широко известной совместной фотографии Рузвельта, Черчилля и Сталина в Ялте все трое, разумеется, сидят. Сохранилось совсем немного фотографий Рузвельта в инвалидном кресле, но эти фотографии были для личного пользования.

Рузвельт выиграл президентские выборы в разгар экономического кризиса — Великой депрессии. Её началом принято считать случившийся в конце октября 1929 года крах Нью-Йоркской биржи. В течение нескольких октябрьских дней промышленный индекс Доу-Джонс рухнул на 40 процентов, вызвав панику в финансовом, а затем и в промышленном мире. Результатом стала массовая безработица. В октябре 1929 года уровень безработицы составлял 5 процентов. Через два года, в сентябре 1931 года, достиг 17,4 процента. Когда в ноябре 1932 года Рузвельт победил на выборах президента-республиканца Герберта Гувера, уровень безработицы приближался к 23 процентам. Без работы был каждый четвёртый работоспособный американец. «Единственное, чего нам следует бояться, это страха!» — заявил 4 марта 1933 года в инаугурационной речи президент Рузвельт. Он провозгласил «Новый Курс» («New Deal») и объявил, что его политика покончит с обуявшим многих американцев страхом перед будущим. Рузвельт не сомневался: «New Deal» выведет страну из кризиса.

Миллионы американцев по сей день полагают, что провозглашённый президентом Рузвельтом «новый курс» покончил в Соединённых Штатах Америки с Великой депрессией. Но это миф. «Новый курс» продлил кризис и углубил его. В то время, как в остальном мире — в Италии и Германии, в Японии и Новой Зеландии, в Чили и Греции, в Дании, Швеции, Финляндии и в других странах — экономический кризис закончился в начале 30-х годов, в Америке он продолжался и закончился только с вступлением Соединённых Штатов во Вторую мировую войну. Это факт, и его подтверждают цифры.

Когда в начале марта 1933 года Франклин Делано Рузвельт переступил порог Белого дома, уровень безработицы достиг почти 25 процентов. В последующие четыре года, первый президентский срок Рузвельта, уровень безработицы не опускался ниже 17 процентов. Улучшения не наступало. В 1937 году начался очередной виток кризиса. Впервые в истории Америки второй кризис начался до окончания первого. В 1938 году уровень безработицы поднялся до 19 процентов, в 1939 году он был 17 процентов, в 1940 году, когда Рузвельт добился победы на третьих выборах, безработица все ещё была двузначной: 14,45 процента. Она перестала быть двузначной лишь после вступления Соединённых Штатов во Вторую мировую войну. Миллионы мужчин отправились воевать. Их рабочие места заняли женщины. В 1941 году уровень безработицы составлял 9,3 процента, в 1942 опустился до 4,7 процента, в 43-м упал до 1,9 процента.

Кризис, сотрясавший Америку в течение десяти с лишним лет, был побеждён не «новым курсом», а мировой войной. В основе мифа о победе «нового курса» над Великой депрессией лежит другой: будто бы Рузвельт кардинально изменил политический курс своего предшественника президента Герберта Гувера. На самом деле демократ Рузвельт продолжил порочную политику республиканца Гувера. Не только продолжил, но ещё и усугубил её.

После окончания Первой мировой войны страну сотрясал экономический кризис, но потребовалось меньше двух лет, чтобы его преодолеть. Победивший на выборах в 1920 году Уоррен Хардинг и ставший президентом после его смерти Калвин Кулидж позволили частному сектору самостоятельно решать экономические проблемы. Правительство как бы самоустранилось от их решения, и... И кризис испустил дух. Не правда ли, отличный урок? Но этот урок не усвоил Герберт Гувер, сменивший Кулиджа в марте 1929 года, поскольку Кулидж решил не баллотироваться на очередной срок. Гувер занимал министерский пост в администрациях Хардинга и Кулиджа. Он лучше многих, знал, как было покончено с экономическим кризисом в начале 20-х. Однако Гувер пошёл иным путём, решив, что частному сектору не под силу справиться с кризисом, что это дело правительства.

Нью-Йоркская биржа рухнула в октябре 1929 года, через десять месяцев после инаугурации Гувера. Подобное в истории уже случалось. Например, в 1907 году Биржа рухнула на 50 процентов, и началась экономическая рецессия. Кто помог покончить с кризисом? Президент? Нет! Конгресс? Тоже нет. Помог банкир Джон Пирпонт Морган. Он вложил свои собственные деньги в укрепление банковской системы и убедил других банкиров последовать его примеру. А вот за обвалом на Бирже в 1929 году последовал кризис. Потому что лечить недуг взялось правительство.

Весной 1930 года республиканцы, конгрессмен Уллис Хоули и сенатор Рид Смут, предложили законопроект о резком повышении тарифов — налогов на импорт. Закон ставил цель — защитить американских рабочих и фермеров от зарубежных конкурентов. Владельцы многих компаний обратились к Гуверу с просьбой наложить вето на законопроект. Банкир Томас Ламонт чуть ли не на коленях просил президента о вето. Глава европейского отделения автомобильной компании «Дженерал Моторс» Граем Ховард отправил в Вашингтон телеграмму: «Одобрение закона приведёт к экономической изоляции Соединённых Штатов и вызовет такую жестокую депрессию, какой ещё никогда не было». Однако 17 июня 1930 года президент Гувер одобрил законопроект Хоули-Смута. Закон вызвал ответную реакцию. Не мог не вызвать. Многие страны Европы, а также Австралия, Индия, даже Канада приняли ответные — протекционистские — меры. «Экономисты соглашаются, что закон Хоули-Смита способствовал углублению и продолжительности глобальной депрессии»,— писал Бен Бернанке, бывший с 2005 по 2014 годы главой Федеральной резервной системы. Но глобальная депрессия закончилась в начале 30-х годов, американская продолжалась все 30-е годы. Причина? Рузвельт не доверял частному сектору в сто раз больше, чем Гувер.

Один из апологетов Рузвельта историк Артур Шлезингер-младший, написавший подобострастную биографию президента, в которой прославлял и восхвалял «новый курс», деликатно заметил в одной из публикаций, что Рузвельт «не очень интересовался экономикой». Но это было бы ещё полбеды, далеко не каждый президент разбирается в экономике и глубоко интересуется ею. Хуже было другое: многие советники и помощники Рузвельта восторгались «советским экспериментом».

«Почему это только русские должны получать всё удовольствие от перестройки мира?» — вопрошал Стюарт Чэйс в книге «Новый курс» («New Deal»), вышедшей из печати в 1932 году. Чэйс писал, что коммунисты в России создают «новый рай и новую землю».

В 1932 году, готовясь к президентским выборам, Рузвельт, губернатор штата Нью-Йорк, создал команду советников. «Мозговой трест» («Brain Trust») так назвали эту команду. В неё вошли в основном профессора Колумбийского университета, юристы и экономисты. Они играли ключевую роль в формировании программ «нового курса».

Один из членов «Мозгового треста» профессор экономики Рексфорд Тагвелл побывал в 1927 году в Советском Союзе, и, познакомившись с тем, что показали хозяева, выразил восхищение. Профессор, правда, посетовал на отсутствие гражданских свобод в Советском Союзе, но цель (экономическое развитие) оправдывала, по его мнению, средства (отсутствие гражданских свобод). Он восхищался «раем для рабочих». «There is a new life beginning there»,— восторгался Тагвелл. В администрации Рузвельта он возглавил созданную по его же инициативе Администрацию по регулированию сельского хозяйства. Эта организация установила правительственный контроль над сельским хозяйством. Она ограничила производство и требовала уничтожать излишки, чтобы добиться повышения цен на сельскохозяйственные продукты. Фермерам платили миллионы долларов за уничтожение посевов. В частности, правительство заплатило 100 миллионов долларов фермерам за уничтожение десяти миллионов акров плантаций хлопка.

Вот что писал историк Джон Флинн в книге «Рузвельтовский миф» («The Roosevelt Myth»): «Мы жгли овёс, и мы импортировали овёс из-за границы. Убивали свиней и в то же время увеличивали импорт сала. Сокращали посевы кукурузы и импортировали 30 миллионов бушелей кукурузы. В то время как (правительство) платило сотни миллионов долларов за уничтожение свиней, сжигание посевов овса, распахивание плантаций хлопка, министерство сельского хозяйства выпустило бюллетень, в котором оповестило страну о том, что главная наша проблема — неспособность производить достаточно продовольствия...»

Сокращение посевных площадей нанесло сокрушительный удар по мелким фермерам и сезонным сельскохозяйственным рабочим. В выигрыше оказались только крупные фермеры, получавшие миллионные субсидии за то, что уничтожали, а не сеяли, не жали, не выращивали.

В январе 1936 года Верховный суд признал неконституционными законы 1933 года о регулировании сельского хозяйства. Администрация по регулированию сельского хозяйства была ликвидирована. Но желание Рузвельта контролировать экономику было сильнее любых судебных решений. В январе 1938 года он подписал новую серию законов о регулировании сельского хозяйства.

Администрация по регулированию сельского хозяйства попала в число нескольких организаций «нового курса», признанных антиконституционными. Верховный суд признал, в частности, противоречащей Конституции и Национальную администрацию восстановления. Она приняла обязательный для всех бизнесов «кодекс честной конкуренции», который установил цены на товары и услуги, размер зарплаты, продолжительность рабочего дня и так далее. В Америке обрёл право на жизнь советский опыт. И не только советский.

Символом Национальной администрации восстановления стал синий орёл. И рузвельтовский орёл был будто бы срисован с гитлеровского орла — символа Национал-социалистической рабочей партии Германии. Два орла — как родные братья. И не случайно. Уолдо Фрэнк, американский историк и писатель, восторженно поддержавший избрание Рузвельта президентом, так охарактеризовал Национальную администрацию восстановления: «Это начало американского фашизма».

Спустя четыре с половиной десятилетия, в 1976 году, Рональд Рейган (в то время он ещё не президент) сказал в интервью журналу «Тайм» (номер датирован 17 мая), что «фашизм действительно был основой «нового курса»». Спустя пять лет, в 1981 году, уже будучи президентом, Рейган сказал: «Каждый, кто хочет познакомиться с тем, что писали люди, входившие в мозговой трест «нового курса», обнаружат, что советники президента Рузвельта восхищались фашистской системой. Они считали, что следует брать за образец итальянскую систему, при которой государство управляет всем и контролирует частную собственность. Об этом свидетельствуют их писания». Газета «Вашингтон пост», процитировавшая Рейгана 24 декабря 1981 года, обратилась к историкам с просьбой прокомментировать слова президента, а затем подвела итог: «Несколько историков эпохи «нового курса» сказали, что понятия не имеют о том, что утверждает Рейган».

Рейган прекрасно знал, о чём говорил. Об этом свидетельствует книга немецкого историка Вольфганга Шивелбуша «Три новых курса» («Three New Deals»), вышедшая в свет на английском языке в 2006 году. Это исследование о тождественности внутренней политики Рузвельта, Муссолини и Гитлера. А в следующем году вышел из печати фундаментальный труд Джоны Голдберга «Либеральный фашизм» («Liberal Fascism»). Муссолини и Гитлер обратили внимание на сходство своих программ с рузвельтовской, как только Рузвельт огласил свой «новый курс».

Вскоре после вступления на пост президента Рузвельт изложил свою экономическую программу в книге «Смотря вперёд» («Looking Forward»). Бенито Муссолини откликнулся на неё хвалебной рецензией. Дуче писал: «Принцип, в соответствии с которым государство больше не уходит из экономики, сродни фашистской идеологии. Несомненно, что настроения, сопровождающие это коренное изменение, близки к позиции фашизма».

В марте 1934 года, в годовщину пребывания Рузвельта в Белом доме, Гитлер отправил президенту США личное послание с поздравлением «за героические усилия в интересах американского народа». Фюрер продолжал: «Весь немецкий народ следит с интересом и восхищением за успешной битвой президента с экономическим бедствием». Газета «Фолькишер беобахтер» («Volkischer Beobachter»), главный орган Национал-социалистической рабочей партии Германии, пела хвалу Рузвельту, подчёркивая сходство его «нового курса» с «экономической и социальной политикой национал-социалистов».

Профессор Колумбийского университета Рексфорд Тагвелл, входивший в «мозговой трест» Рузвельта, восхищался не только политикой Советского Союза. Тагвелл восторженно отзывался и о фашизме. «Фашизм — это самая чистая, эффективно работающая социальная машина», — писал он. И ещё Тагвелл записал в своём дневнике: «Муссолини сделал многое из того, что мне кажется необходимым».

Национальную администрацию восстановления возглавил бывший генерал Хью Джонсон. «Кто не с нами, тот против нас!» — провозгласил он, и плохо было каждому бизнесу — каких бы размеров он ни был — если был против «Синего орла». Тот, кто был «за», получал значок «Синий орёл» и прикреплял его к стене так, чтобы каждый видел: предприятие, фирма, контора шагает в ногу с президентом Рузвельтом. А сам президент распорядился: контракты с правительством может получить только компания «Синего орла». Те, кто не поддерживал «Синего орла» и не следовал «кодексу честной конкуренции», должны были пенять на себя.

Восхищавшийся нацистами Джонсон любил парады, подобные тем, что проводились в Нюрнберге. 13 сентября 1933 года он организовал многотысячное шествие на Пятой авеню в Нью-Йорке. По распоряжению властей штата все магазины в Нью-Йорк-сити были закрыты.

Парад начался у Вашингтон-сквер и завершился у Публичной библиотеки. Здесь соорудили трибуну, и «синих орлов» приветствовали сам Джонсон, губернаторы Нью-Йорка, Нью-Джерси, Коннектикута и первая леди Элеонор Рузвельт.

Очевидец, знакомый с нацистскими сборищами, констатировал: «Синих орлов было больше, чем свастик на нацистских парадах». Другой очевидец, депутат английского Парламента, сказал, что чувствовал себя так, будто находится в нацистской Германии.

Национальная администрация восстановления — лишь одна из схожих с фашистскими программ рузвельтовского «Нового курса». Вот ещё одна: Гражданский корпус охраны окружающей среды (Civilian Conservation Corps). Под знамёна корпуса призывалась молодёжь. Её воспитывали в специальных лагерях. В таких лагерях прошли подготовку два с половиной миллиона молодых американцев. Подобная программа существовала и в гитлеровской Германии.

В 1973 году историк Джон Геррэти наделал много шума статьёй «Новый курс, Национал-социализм и Великая депрессия» («The New Deal, National Socialism and the Great Depression»), в которой сравнивал рузвельтовскую и гитлеровскую программы. «Обе программы,— писал Геррэти,— были разработаны, чтобы держать молодых людей вне рынка труда… Рузвельт видел в трудовых лагерях средство для «удержания молодёжи от уличных подворотен», Гитлер считал их способом предотвратить «беспомощное гниение молодежи на улицах»… Трудовые лагеря в обеих странах были организованы по принципу полувоенного государства с целью улучшить физическое состояние потенциальных солдат и стимулировать желание общества принять на себя воинскую повинность в случае чрезвычайной ситуации».

Вступая в третье десятилетие XXI века, с трудом веришь, что ближайшие советники американского президента и руководители программ «Нового курса» считали нужным брать пример с фашистов, а дуче и фюрер пели хвалу президенту США. Сегодня мы называем немецкий фашизм «чумой XX века» и отождествляем его с уничтожением шести миллионов евреев, с десятками миллионов погибших на полях сражений, со зверствами на территории Советского Союза. А президент Рузвельт был одним из руководителей трёх держав, добывавших победу во Второй мировой войне. И, наверное, трудно воспринимать тождество рузвельтовского «нового курса» с программами Муссолини и Гитлера. Но, что было, то было.

Был ли фашистом либеральный демократ Франклин Делано Рузвельт? В книге «Либеральный фашизм» Джона Голдберг разъясняет, что именно следует понимать под фашизмом. Он определяет отношения между личной свободой и государством. Сторонники полной свободы (либертарианцы) выступают против всякого вмешательства государства в личную жизнь. Фашистов же объединяет прежде всего пренебрежение к правам отдельной личности, они за тотальную власть государства, и выступают от имени народа, который преклоняется перед своим вождём.

Знакомство с первой инаугурационной речью Рузвельта, произнесённой им 4 марта 1933 года, позволяет судить о его намерении стать таким вождём. Рузвельт говорил: «Вперёд надо двигаться дисциплинированной, верноподданной армией, готовой на жертвы ради общей дисциплины, ибо без такой дисциплины невозможно движение вперёд, невозможно эффективное руководство. Я знаю, мы готовы и согласны подчинить свою жизнь и своё достояние такой дисциплине, открывая возможность для руководства, нацеленного на общее благо… Я без колебаний возьму на себя руководство великой армией нашего народа, направляя её на целеустремлённое решение наших общих проблем… Я буду просить у Конгресса единственный оставшийся инструмент для выхода из кризиса — широких властных полномочий для борьбы с чрезвычайной ситуацией, столь же неограниченных, как полномочия, которые мне даны в случае фактического вторжения иноземного врага…»

Если не знать, что это говорил либерал Рузвельт, президент демократической страны, то легко представить, что сказанное принадлежит какому-то диктатору. И современники легко разобрались в этом. Пресвитерианский пастор Норман Томас, неоднократно выставлявший как социалист свою кандидатуру на пост президента, писал в 1934 году в журнале «American Mercury»: «Близко и очевидно сходство экономических программ «нового курса» с экономическими программами корпоративного государства Муссолини или гитлеровского тоталитарного государства».

Словосочетание «либеральный фашизм» подобно выражениям «жареный лёд» и «сухая вода». Вроде бы бред, не так ли? Но английский писатель-фантаст Герберт Уэллс, первым употребивший термин «либеральный фашизм», так не считал. Да, да, это тот самый Уэллс, который написал политическое эссе «Россия во мгле» и назвал Ленина (после встречи с ним) «кремлёвским мечтателем». Уэллс тоже был мечтателем. Он мечтал об установлении в Англии фашистской диктатуры. Выступая в 1932 году в Оксфордском университете перед студентами-членами организации «Юные либералы», Уэллс призвал к возрождению либерализма под эгидой «либерального фашизма». «Я хочу видеть либерального фашиста, просвещённого фашиста!» — заявил писатель.

Герберт Уэллс был горячим поклонником Франклина Делано Рузвельта. Президент часто принимал его в Белом доме. В 1934 году, после одной из встреч с Рузвельтом, Уэллс назвал его «наиболее эффективным проводящим инструментом грядущего нового мирового порядка».

Ещё один миф о Рузвельте: его якобы волновало и глубоко беспокоило бедственное положение американцев, ставших жертвами экономического кризиса. Факты свидетельствуют об обратном: Рузвельту была совершенно безразлична тяжёлая ситуация, в которой оказались миллионы его соотечественников. Вот лишь один факт.

Экономический кризис привёл к поражению Республиканской партии, которой в течение 12 лет принадлежала исполнительная власть. После выборов 1932 года на смену президенту-республиканцу Гуверу пришёл демократ Рузвельт, и его однопартийцы получили контроль над обеими палатами Конгресса.

В то время новый состав Конгресса приступал к работе, как и теперь, в начале января, но вот инаугурация нового президента проходила не 20 января, как сейчас, а только 4 марта. Рузвельт вступал в должность только через два месяца после того, как его однопартийцы-законодатели приступали к работе. В течение двух первых месяцев 1933 года республиканцу Гуверу приходилось сотрудничать с Конгрессом, оказавшимся в руках демократов. Гувер не сомневался, что любое его предложение законодатели встретят в штыки, и даже не пытался предлагать им какой-либо законопроект. Это было совершенно бессмысленно. Бездействие же правительства усугубляло ежедневно тяжёлое экономическое положение миллионов американцев.

Гувер представил Совету Федеральной резервной системы, регулирующему банковскую систему, план спасения банков от банкротства. Согласно этому плану, все банки страны должны были закрыться на один день. В этот день каждому банку следовало представить в Совет отчёт, какими активами он располагает и сколько из этих сумм могут потребовать вкладчики. На следующий день могли открыться лишь банки, которые располагали, по мнению Совета, необходимыми суммами для покрытия своих обязательств, и правительство гарантировало все вклады в этих банках. Убыточные банки оставались закрытыми, и с каждым из них Совет должен был разбираться отдельно. Реализация плана Гувера позволяла выжить тысячам мелких банков, предотвратить их разорение и, значит, сохранить вклады их клиентов.

Совет Федеральной резервной системы не имел ничего против предложения Гувера, но поставил условие: план должен быть одобрен Конгрессом. Сознавая бесполезность попыток общения с лидерами Демократической партии в Конгрессе, Гувер обратился непосредственно к президенту-электу Рузвельту. 2 февраля он передал Рузвельту письмо, в котором изложил план спасения банков от банкротства. «В стране,— писал

Гувер,— создалась весьма критическая ситуация, и я считаю своей обязанностью дать вам конфиденциальный совет...»

Мы вряд ли узнали бы о существовании письма, если бы Рузвельт не передал его Рэймонду Моли, входившему в его «мозговой трест». Это произошло в ночь с 18 на 19 февраля в Нью-Йорке, когда журналисты устроили в отеле «Астор» чествование губернатора штата Нью-Йорк Рузвельта, избранного президентом страны. Франклин Делано Рузвельт занял место в центре главного стола, Моли сел напротив него. Всем было весело. Газетные остряки сменяли друг друга, рассказывая анекдоты. Рузвельт хохотал громче всех. После очередной шутки он сделал знак Моли, что хочет что-то передать ему под столом. Моли протянул руку и, развернув бумагу, удивился, узнав знакомый почерк Гувера. Чем дальше он читал, тем больше мрачнел. Сидевший напротив Рузвельт продолжал хохотать. Моли закончил чтение и посмотрел на Рузвельта, который, вероятно, забыл, что передал ему письмо.

Празднество в «Астор» завершилось рано утром 19 февраля. Со времени написания Гувером письма прошло больше двух недель, и за это время Рузвельт никак не реагировал на план своего предшественника. Гувер получил ответ 1 марта. Рузвельт писал, что ничего не может сделать для осуществления плана за дни, оставшиеся до инаугурации. 2 марта он прибыл в Вашингтон в превосходном, по утверждению свидетелей, настроении.

Каждый день кризиса увеличивал число обанкротившихся банков и число американцев, потерявших все свои сбережения. Гувер был бессилен.

Почему Рузвельт никак не реагировал на письмо Гувера? Джон Флинн отвечает на этот вопрос в книге «Рузвельтовский миф»: «Чем глубже катастрофа в последние дни президентства Гувера, тем громче будут приветствовать Рузвельта, когда он придёт к власти... Он ничего не сделал, прочитав письмо Гувера, поскольку хотел, чтобы наступил глубокий кризис, от которого предостерегал Гувер... Он хотел полного крушения... Он хотел, чтобы люди видели, как его предшественник покидает сцену при полном крахе, освободив её таким образом для «спасителя страны»... Гувер думал о спасении банков и банковских вкладов американцев. Рузвельт думал о том, чтобы получить политическое преимущество в связи с банковской катастрофой во время правления Гувера».

4 марта 1932 года Рузвельт вступил в должность президента, и началось рождение мифа о спасении им страны от Великой депрессии.

Мифы о Рузвельте живут и по сей день, и они пропагандируются в таком же масштабе, как в годы советской власти в СССР пропагандировались мифы о дедушке Ленине. В сентябре 2014 года Общественное телевидение (PBS) показывало минисериал «Рузвельты» — о президентах Теодоре Рузвельте и Франклине Делано Рузвельте, и об Элеонор Рузвельт. 14-часовой фильм был преподнесён как документальный, из чего следовало, что в этом фильме — только правда. Однако Амити Шлаес, автор книги «Забытый человек: новая история Великой депрессии» («The Forgotten Man: A New History of the Great Depression»), назвала фильм буффонадой. Более точным, на мой взгляд, было бы другое определение: пропаганда.

Рецензируя сериал «Рузвельты» в газете «Вашингтон таймс», экономист вашингтонского научно-исследовательского института «Фонд Наследия» (Heritage Foundation) Стив Моор писал: «Мой 12-летний сын написал недавно сочинение по истории США. Он превознёс в нем достижения программ «Нового курса» президента Франклина Рузвельта. «Они покончили с Великой депрессией»,— написал мой сын-семиклассник. Он повторяет слова учителей и прочитанные книги по истории».

В телесериале «Рузвельты» звучат голоса десяти историков. К чести авторов фильма, они дали слово не только апологетам Франклина Делано Рузвельта. Нашлось место и Джорджу Уиллу, политическому комментатору, блестящему знатоку американских президентов. «Лучшей программой «Нового курса» была улыбка Франклина Рузвельта». «Экономическое выздоровление могло бы произойти быстрее, если бы эта улыбка была единственной программой «Нового курса»»,— прокомментировала слова Уилла в журнале «National Review» Амити Шлаес.

Мы расстались с Люси Мерсер, когда она, 20-летняя, вышла в 1920 году замуж за 58-летнего богатого вдовца Уинтропа Рутерфорда. Франклин Делано Рузвельт не думал расставаться с ней. Данное жене слово он вскоре стал нарушать. Сохранились письма, которые Рузвельт посылал Люси в 1926 году. Письмами их отношения не ограничились. Время от времени друг Рузвельта мультимиллионер Бернард Барух предоставлял в распоряжение Франклина и Люси свой дом. Президент-элект Рузвельт прислал ей билет на свою первую инаугурацию — 4 марта 1933 года. Она также была гостьей съезда

Демократической партии в 1936 году. После того, как в 1941 году мужа Люси поразил инсульт, она стала постоянно встречаться с Рузвельтом в Вашингтоне.

В Белом доме Люси Мерсер-Рутерфорд знали как миссис Пол Джонсон. Она приезжала на свидания с президентом, когда Элеоноры не было в Белом доме. Визиты Люси скрывали от первой леди десятки служащих Белого дома — от личной охраны президента до её дочери Анны.

Муж Люси Уинтроп Рутерфорд умер в марте 1944 года, и после его смерти она виделась с Рузвельтом постоянно. В начале апреля 1945 года Люси приехала к больному президенту в Уорм-Спрингс (штат Джорджия), где он часто отдыхал от вашингтонских забот. Приехала не одна. Привезла свою подругу — русскую художницу-портретистку Элизабет Шуматову. Люси попросила её написать портрет президента, поскольку, сказала она, «не существует правдивого портрета».

Рузвельт согласился позировать два раза в течение двух недель. 12 апреля был второй сеанс. Шуматова приступила к работе около полудня. Но вскоре президент сказал: «Страшная боль в затылке», и откинулся в кресле. В 3 часа 35 минут личный кардиолог президента констатировал смерть.

Когда вечером в этот день Элеонора Рузвельт прилетела в Уорм-Спрингс, здесь уже не было ни Люси Мерсер, ни Элизабет Шуматовой. Художница закончила работу над портретом позднее. Он экспонируется в доме-музее Рузвельта в Уорм-Спрингс. Шуматова заменила на портрете красный галстук синим.

Люси Мерсер-Рутерфорд скончалась 31 июля 1948 года в возрасте 57 лет. Перед смертью она уничтожила все письма Рузвельта. Об их отношениях широкая публика впервые узнала через 21 год после смерти Рузвельта и через 18 лет после смерти Люси, когда в 1966 году была опубликована книга «Время между войнами» («The Time Between the Wars»), написанная бывшим пресс-секретарём Рузвельта Джонатаном Даниэльсом.

12 апреля 1945 года, через три с половиной часа после смерти Франклина Делано Рузвельта, вице-президент Гарри Трумэн принёс президентскую клятву. Эра ФДР закончилась.

Если бы Рузвельт не заменил Уоллеса Трумэном...

12 апреля 1945 года, через три с половиной часа после смерти президента Франклина Делано Рузвельта, вице-президент Гарри Трумэн принёс президентскую присягу и стал 33-м президентом Соединённых Штатов Америки. Могло, однако, случиться, что президентскую клятву давал не он. Трумэн был у Рузвельта третьим вице-президентом.

Джон Нэнс Гарнер был первым. В 1932 году техасец Гарнер, депутат Палаты представителей с 30-летним стажем, выдвинул свою кандидатуру на пост президента, но проиграл губернатору штата Нью-Йорк Рузвельту борьбу за право стать кандидатом Демократической партии. Рузвельт не оставил Гарнера без работы, взял в напарники. В течение восьми лет техасец считался вторым лицом в правительстве, хотя первое лицо, президент, вряд ли обращался к нему за каким-либо советом. Он не обременял вице-президента работой.

В 1940 году Франклин Делано Рузвельт решил баллотироваться на третий срок, нарушив тем самым установленную первым президентом США Джорджем Вашингтоном традицию — два четырёхлетних срока и отставка, и Гарнер протестовал. Вице-президент видел себя самого в Овальном кабинете. Как только собравшиеся на съезд в Чикаго делегаты поддержали кандидатуру Рузвельта, президент тут же отказался от услуг Гарнера и назвал новым напарником министра сельского хозяйства Генри Уоллеса. Делегаты съезда сомневались в сделанном президентом выборе. Рузвельт был непреклонен. Он поставил съезду условие: будете против Уоллеса, я откажусь баллотироваться на пост президента. Делегаты смирились.

Рузвельт выбрал Уоллеса за верную службу во главе сельскохозяйственного ведомства. Уоллес поддерживал все программы «Нового курса», в том числе и программу по уничтожению посевов и скота. «Генри — хороший человек. Хорошо, когда такой рядом, если что-то случится с президентом»,— говорил Рузвельт.

Генри Уоллес родился в Айове в семье фермеров. Дед был фермером, издавал журнал «Wallace's Farmer» — для фермеров Среднего Запада. Отец занимался тем же, а в администрации президента Уоррена Хардинга и в первой администрации Калвина Кулиджа был министром сельского хозяйства. В это время будущий вице-президент редактировал основанный дедом журнал. Он был агрономом и селекционером, вывел высокоурожайный сорт кукурузы, благодаря чему разбогател. Будучи, как и отец, республиканцем, Уоллес тем не менее поддержал в президентской кампании 1932 года кандидата Демократической партии Франклина Делано Рузвельта, и после его победы занял пост министра сельского хозяйства.

Новый вице-президент не волновал ближайшее окружение Рузвельта. Во-первых, президент был здоров.

Гарри Трумэн

Во-вторых, мало кто знал, чем «дышит» Уоллес. Было, конечно, известно о его тесных связях с профсоюзами, но с этим можно было мириться. Однако, как только Уоллес занял пост вице-президента, он стал заметной фигурой. Увиденное и услышанное многих в окружении Рузвельта не на шутку взволновало. Больше всего беспокоило не скрываемое Уоллесом восхищение Советским Союзом.

«Американская и русская революции — части общего марша свободы в последние 150 лет,— говорил Уоллес на многотысячном митинге в «Мэдисон-сквер-гарден» в Нью-Йорке вскоре после нападения Германии на Советский Союз.— Не случайно, что, познакомившись, американцы и русские легко находят общий язык. Оба народа знают, что их будущее много лучше прошлого».

К этому времени депутаты Конгресса и высокопоставленные правительственные чиновники были хорошо осведомлены о массовых арестах и казнях в Советском Союзе. Они считали святотатством сравнение провозглашения независимости британскими колониями с большевистским переворотом. «Если мы увидим, что

Германия побеждает, нам следует помочь России. Если побеждает Россия, следует помочь Германии. Пусть убивают как можно больше друг друга»,— цинично заявил сенатор-демократ от штата Миссури вскоре после того, как Германия начала войну с Советским Союзом. Этим сенатором был Гарри Трумэн.

В начале 1944 года Рузвельт поставил в известность своего ближайшего советника Гарри Гопкинса и начальника личного штата адмирала Уильяма Лехи о намерении баллотироваться на четвёртый срок. Адмирал записал в своём дневнике, что он и Гопкинс стали сразу же обсуждать вопрос о необходимости заменить Уоллеса на посту вице-президента. Вскоре о необходимости заменить Уоллеса говорили едва ли не все помощники Рузвельта. Вице-президент восстановил против себя всех, кого только мог, во время поездки в Советский Союз летом 1944 года.

В Магадане Уоллес восхищался работой «добровольцев», приехавших осваивать суровый край, и говорил об этом в радиопередачах для Америки. В Узбекистане он не скрывал восторга от колхозов. «Здесь рай для крестьян»,— сказал Уоллес в Ташкенте послу США в СССР Авереллу Гарриману и повторил эти слова на пресс-конференции. Вице-президент говорил каждому, кто готов был слушать, о перспективах послевоенного сотрудничества с Советским Союзом. А в это время Гопкинс, Лехи и все, кто ежедневно видел Рузвельта, не скрывали беспокойства о здоровье президента и сознавали, что, будучи избранным на четвёртый срок, он не протянет четыре года. Говорить об этом Рузвельту никто не решался. По словам дочери президента Анны, отцу «даже в голову не приходило, что его здоровье день ото дня ухудшается».

Уоллес ещё не вернулся из зарубежной поездки, а окружение Рузвельта уже осознало: нужен другой вице-президент. Кто и когда сказал об этом президенту? Авторы мемуаров о Франклине Делано Рузвельте называют разных людей и разные даты. В 2008 году вышла в свет фундаментальная биография Уоллеса, её авторы Джон Калвер и Джон Хайд считают, что Рузвельт стал участником «заговора» 11 июля — за восемь дней до открытия съезда Демократической партии. Но Рузвельт задолго до этой даты обсуждал с Лехи и Гопкинсом вопрос о замене Уоллеса. А 10 июля Рузвельт попросил Уоллеса не выставлять свою кандидатуру на пост вице-президента на предстоящем съезде. Встрече Рузвельта и Уоллеса 10 июля в 4 часа дня в Белом доме предшествовала встреча Уоллеса несколькими часами ранее с двумя посланцами президента.

Рузвельт принадлежал к числу людей, не желающих выполнять «грязную работу». Неприятные разговоры он обычно поручал помощникам и советникам. Так, в мае 1942 года советский министр иностранных дел Вячеслав Молотов приехал в Вашингтон просить Соединённые Штаты о «втором фронте». Рузвельт знал, что время для этого не наступило. Говорить об этом Молотову лично президент не хотел и поручил неприятную миссию генералу Джорджу Маршаллу, начальнику штаба вооружённых сил. Разговор Маршалла с Молотовым был коротким: «Выбирайте между Мурманском и вторым фронтом»,— сказал генерал советскому министру. У Молотова выбора не было. Отказ от «Мурманска», то есть американских поставок по ленд-лизу, означал поражение Красной армии.

Сообщить Уоллесу неприятную новость Рузвельт поручил своему помощнику Сэму Розенмену и министру по внутренним ресурсам Гарольду Икесу. «Скажите ему, что мы направим его послом в Китай», — вспоминал Икес в мемуарах о наставлении Рузвельта. Посланцы

Генри Уоллес

президента были готовы выполнить поручение, но Уоллес, только что вернувшийся из поездки в Советский Союз, Китай и Монголию, не дал им рта раскрыть. Вице-президент с места в карьер объявил, что не желает говорить о политике, ибо его ждёт встреча с президентом, с которым он вдоволь наговорится.

Если полагаться на мемуары Уоллеса (а других свидетельств у нас нет), Рузвельт несколько раз заводил с ним разговор о том, что он, Уоллес, может помешать победе демократов на выборах — если не откажется от поста вице-президента. У Уоллеса был контраргумент — результаты опроса, проведённого Институтом Гэллапа и свидетельствующего о поддержке Уоллеса 66 процентами избирателей-демократов. Если верить

Уоллесу, Рузвельт, расставаясь с ним, сказал: «Хотя я не могу заявить об этом публично, но я надеюсь, что у нас будет прежняя команда».

Сказал ли Рузвельт нечто подобное? Возможно, да, возможно, и нет. Но 11 июля, на следующий день после встречи с Уоллесом, «заговорщики» во главе с президентом обсуждали в Белом доме кандидатуры для замены Уоллеса. Рузвельту назвали несколько кандидатов. Когда назвали Трумэна, он, по свидетельству очевидцев, пожал плечами: «Я видел его несколько раз, и он не произвёл на меня никакого впечатления». Однако Трумэн неоднократно рассказывал о беседах с Рузвельтом с глазу на глаз, но Трумэн любил присочинить. В записях о посетителях Белого дома нет информации о встречах президента Рузвельта с сенатором Трумэном.

Итак, 11 июля «заговорщики» собрались в Белом доме для обсуждения кандидатуры на пост вице-президента. Председатель Национального комитета Демократической партии Роберт Ханнеган вспоминал в мемуарах, что в конце совещания президент обратился к нему: «Боб, как я понимаю, Вы и все остальные хотите Трумэна. Если дело обстоит именно так, пусть будет Трумэн».

Съезд Демократической партии открылся в Чикаго 18 июля. Рузвельт отсутствовал. В съездовские дни он встречался на Гавайях с генералом Дугласом Макартуром, обсуждалась обстановка на Тихоокеанском фронте. Выборы кандидата на пост вице-президента проходили в последний день съезда, 21 июля. В списке кандидатов было семь имён, в их числе Уоллес и Трумэн. В первом туре голосования Уоллеса поддержали 429 делегатов,

Трумэна — 319, но ни тот, ни другой не получили одобрения большинства делегатов. Во втором туре участвовали только Уоллес и Трумэн, и сенатор победил действующего вице-президента нокаутом: 1031 голос против 105. Как объяснить такую разницу? После первого тура сторонники Трумэна принялись за обработку делегатов, в том числе и тех, кто голосовал за Уоллеса. Обработка сработала. Годы спустя сенатор из Индианы Сэмюэл Джексон, активный агитатор за Трумэна, сказал, чтобы на его могильном памятнике начертали: «Здесь покоится человек, который не позволил Генри Уоллесу стать президентом Соединённых Штатов».

Если бы Джексон и его союзники не убедили большинство делегатов съезда голосовать за Трумэна, то 12 апреля 1945 года, в день смерти Рузвельта, президентскую клятву давал бы Уоллес, и...

Джон Калвер и Джон Хайд назвали биографию Генри Уоллеса «Американский мечтатель». Знали ли они, что писатель-фантаст Герберт Уэллс назвал Ленина «кремлёвским мечтателем»? Мечты Ленина о тотальной власти созданной им партии сбылись. А о чём мечтал Уоллес? Наверное, не только о превращении фермерских «угодий» в коллективные хозяйства — колхозы. Его планы распространялись на весь мир. Уоллес изложил их в 122-страничной брошюре «На пути к всеобщему миру» («Toward World Peace»). Она была издана в 1948 году, за несколько месяцев до президентских выборов. Это была своего рода президентская программа Уоллеса, выставившего свою кандидатуру на пост президента. К этому времени бывший вице-президент зарекомендовал себя как принципиальный противник внешней политики президента Трумэна.

Франклин Делано Рузвельт частично выполнил данное Уоллесу обещание: оставил теперь уже бывшего вице-президента в своей «команде», назначил министром торговли. А Трумэн, заняв пост президента, рузвельтовскую команду не менял. Все министры оставались на своих постах. В том числе и Уоллес. Но в течение следующего года министр торговли неоднократно критиковал публично едва ли не каждое решение президента. 19 сентября 1946 года Трумэн вызвал Уоллеса на ковёр. Беседа продолжалась два с половиной часа. Сразу же после беседы Уоллес ушёл в отставку. На следующий день Трумэн записал в своём дневнике: «Я не уверен, что его рассудок в порядке... Он пацифист на все сто процентов. Он хочет распустить наши вооружённые силы, передать России наши атомные секреты. Он верит скопищу авантюристов в кремлёвском Политбюро». На пресс-конференции Трумэн сказал: «Мне стало совершенно ясно существование фундаментального несоответствия между его внешнеполитическими взглядами и взглядами Администрации».

Президентская программа Уоллеса — брошюра «На пути к всеобщему миру» — даёт понять, какой была бы политика Уоллеса, если бы 12 апреля 1945 года он занял пост президента. Легко предсказать, что коммунисты пришли бы к власти в Греции и, совершенно не исключено, в Италии и во Франции. Не было бы Плана Маршалла, поскольку против этого плана возражал Советский Союз, а не будь этого плана, лежавшая после войны в руинах Западная Европа стала бы лёгкой добычей Красной армии. «Американский мечтатель» вряд ли возражал против такого развития событий.

На президентских выборах в 1948 году Уоллес был кандидатом Прогрессивной партии, и его кандидатуру официально поддержала Коммунистическая партия. За прогрессиста голосовали 1 миллион 157 тысяч 172 избирателя (около двух процентов от общего числа).

Мечте Генри Уоллеса стать президентом не суждено было осуществиться. Здравый смысл уберёг Америку от Уоллеса.

1960:
Джон Кеннеди

«Простой акт убийства»

22 ноября 1963 года в 12 часов 30 минут из окна шестого этажа школьного книгохранилища, расположенного в Далласе на углу улиц Хьюстон и Элм, были сделаны один за другим три выстрела по лимузину, в котором ехали президент Джон Кеннеди с супругой и губернатор штата Техас Джон Коннэлли с супругой. Президент был смертельно ранен. Губернатор отделался лёгким ранением. Через 1 час 20 минут после выстрелов полиция арестовала Ли Харви Освальда. Вечером того же дня ему были предъявлены обвинения. Через два дня, 24 ноября, когда Освальда вели из полицейского управления к машине, его убил владелец стрип-бара Джек Руби. Он был приговорён к смертной казни, заменённой пожизненным заключением, и скончался в тюрьме от рака.

Со дня убийства Кеннеди минуло почти шесть десятилетий. Достаточно большой срок, чтобы прийти к окончательному ответу на вопрос, кто убил Кеннеди и был ли убийца участником заговора. Правительство США получило ответы на эти вопросы менее чем через год после убийства президента. Расследовавшая преступление Комиссия Уоррена, названная по имени её руководителя и председателя Верховного суда Эрла Уоррена, пришла к заключению: президента убил Ли Харви Освальд и никакого заговора не существовало. Комиссия опубликовала отчёт на 888 страницах. Затем были отдельно опубликованы 26 томов показаний сотен людей. Согласно проведённому вскоре опросу общественного мнения, только 31,6 процента американцев ставили под сомнение выводы Комиссии Уоррена. Но вот опрос, проведённый Институтом Гэллапа в ноябре 2003 года, через 40 лет после убийства Кеннеди, показал, что 75 процентов американцев — три четверти жителей страны — считают, что существовал заговор. Лишь 19 процентов уверены, что Освальд был убийцей-одиночкой.

Обратимся к роковому дню — пятнице 22 ноября 1963 года.

Подготовкой поездки Джона Кеннеди в Техас руководил Кеннетт О'Доннелл, один из ближайших советников президента. Много лет спустя Хелен, дочь О'Доннелла, сказала: «Отец всегда чувствовал громадную вину за то, что произошло в Далласе. Он считал, что следовало предвидеть такой поворот событий».

В среду, 20 ноября, накануне вылета Кеннеди в Техас, О'Доннелл сказал президенту, своему боссу и другу: «Секретная служба не хочет, чтобы Вы ехали в машине с открытым верхом». Как вспоминал затем неоднократно Дэйв Пауэрс, также советник президента и его друг, Кеннеди ответил на это: «Если погода ясная и не будет дождя, крышу следует опустить. Я хочу, чтобы техасские девчонки увидели, как прекрасна девочка Джеки...» Так Джон называл свою жену Жаклин.

У О'Доннелла, Пауэрса да, пожалуй, у всего окружения президента были основания для беспокойства. Несколькими месяцами ранее экстремисты угрожали в Далласе послу США в ООН Эдлаю Стивенсону. А за несколько дней до приезда президента в городе появились фотографии Кеннеди с надписью: «Разыскивается за предательство». Вице-президент, техасец, Линдон Джонсон подготовил речь, с которой собирался выступить в Остине, столице штата, куда Кеннеди должен был прибыть после Далласа. В ней были такие слова: «Мистер президент, спасибо Господу, что Вы выбрались из Далласа живым!» Правда, в утверждённом Белым домом тексте этих слов не было, и кто бы вспомнил о черновике выступления Джонсона, если бы Кеннеди уехал из Далласа живым?!

Джон Кеннеди

Кеннеди, как и многие его предшественники и преемники, считал, что агенты секретной службы слишком перестраховываются, и чаще, чем другие, пренебрегал их требованиями. Что же касается самих агентов, то они превратились из телохранителей главы государства в свидетелей, а порой и в соучастников его попоек и оргий. Они смотрели сквозь пальцы на то, что в Белый дом ходят красотки, которых находили для президента его друзья. Но им надлежало пристально следить за передвижениями первой леди. Жаклин не должна была знать, что происходит в её личных апартаментах, а также в бассейне Белого дома.

«Нас просили не вмешиваться... И мы не знали, будет ли утром президент жив», — рассказывал бывший агент секретной службы Ларри Ньюман корреспонденту журнала «New Yorker» Сеймуру Хершу. В книге «Тёмная сторона Камелота» («The Dark Side of Camelot») Херш рассказывает о малоизвестных фактах из жизни президента Кеннеди. Он, в частности, пишет, как президент пробирался на очередное свидание в сопровождении телохранителей по подземному туннелю под нью-йоркским отелем «Карлайл».

Эдвард Клейн, автор книги «Проклятие рода Кеннеди» («The Kennedy Curse»), пишет, что в Белом доме царила «атмосфера вечеринок». Та же атмосфера сопутствовала Кеннеди, когда он выезжал за пределы Вашингтона. Могли ли агенты секретной службы требовать чего-либо от босса, с которым вместе развлекались?

В ночь с 21 на 22 ноября несколько агентов выпивали в баре пресс-клуба неподалёку от Далласа. Когда бар закрылся, они продолжили пьянку в кафе. Некоторые агенты из тех, кому следовало заступить на пост не позднее восьми утра, пировали до пяти. Потом они утверждали, что не столько пили, сколько болтали о том о сём. Возможно, это и так. Но вряд ли они хорошо выспались перед тем, как приступить к исполнению своих прямых обязанностей. Агенты секретной службы не сочли нужным проверить здания, мимо которых должен был ехать президент.

Накануне рокового дня, глядя из окна отеля «Тексас» на платформу, с которой он должен был обратиться к толпе, Кеннеди сказал жене: «Посмотри-ка на эту платформу! Секретная служба не смогла бы помешать никому, кто хотел бы достать меня!» Спустя несколько часов президента «достал» Ли Харви Освальд.

Вполне возможно, что Кеннеди остался бы жив, если бы ехал с женой в закрытой машине. Но в этом случае «техасские девчонки» не увидели бы, какая у него красавица-жена, и кто-то мог подумать, что президент чего-то боится.

22 ноября Кеннеди и первая леди ехали в лимузине по маршруту, о котором ранее сообщили местные газеты. Президентская чета сидела сзади. Перед ней сидела губернаторская: Джон Коннэлли и его супруга. Впереди, рядом с водителем, сидел агент секретной службы. Когда лимузин только-только проехал мимо семиэтажного здания книжного склада, раздались три выстрела. Две пули попали в президента. Одна рана была смертельной. В час дня в госпитале, куда привезли Кеннеди, он скончался.

29 ноября, спустя неделю после трагедии, новый президент Джонсон создал комиссию для расследования убийства. Её возглавил председатель Верховного суда Эрл Уоррен. Комиссия пришла к заключению: Освальд — убийца-одиночка. Но сегодня, повторю ещё раз, 75 процентов американцев отвергают выводы Комиссии и уверены, что Кеннеди стал жертвой заговора, участником которого был Освальд.

О Ли Харви Освальде известно всё или почти всё. Жизнь едва ли многих 24-летних убийц изучена так, как его жизнь. Родился в Новом Орлеане в 1939 году. Школу не окончил. В день своего 17-летия поступил на службу в морскую пехоту. На контрольных стрельбах набрал достаточное число очков, чтобы получить квалификацию снайпера. Во время службы изучал русский язык. В сентябре 59-го уволился в запас, а уже в октябре поехал в Советский Союз и по приезде, объявил, что хочет стать советским гражданином. В этом ему было отказано. 31 октября пришёл в посольство США в Москве и отказался от американского гражданства. Советские власти выпроводили его из Москвы в Минск, устроили работать на завод «Горизонт» и поселили в меблированной однокомнатной квартире. В начале 61-го года он обратился письменно в посольство США с просьбой вернуть ему американский паспорт. В марте того же года познакомился с 19-летней минчанкой Мариной Прусаковой, и вскоре они поженились. 15 февраля 1962 года у Освальдов родилась дочь, а 24 мая они получили в посольстве США документы, позволявшие уехать в Америку. Сначала молодая семья жила неподалёку от Далласа, а в апреле 1963 переехала в Новый Орлеан. Здесь Освальд стал активным участником организации кубинцев, которые поддерживали Фиделя Кастро. В Новом Орлеане семья Освальда прожила недолго. Марина с ребёнком приехала в город Ирвинг, что неподалёку от Далласа, а её муж отправился в Мексику. В мексиканской столице он хотел получить визу для поездки на Кубу, но в визе ему было отказано. 16 октября Освальд поступил работать на книжный склад в Далласе и снял в городе квартиру, а семью в Ирвинге навещал по выходным. 20 октября Марина родила вторую дочь. 21 ноября Освальд съездил в Ирвинг, оставил дома 170 долларов и обручальное кольцо, и взял с собой купленную в марте винтовку «Карпано» с оптическим прицелом. На следующий день он стрелял из этой винтовки с шестого этажа в президента. Сразу же после этого Освальд покинул здание. Сел в автобус. Затем пересел в такси и доехал до дома, в котором жил. Пробыл дома несколько минут, и вскоре после выхода на улицу был остановлен патрульным полицейским Джей Ди Типпитом. Освальд выстрелил в него четыре раза и убил. Затем зашёл в близлежащий кинотеатр, не заплатив за вход, где и был арестован. Спустя два дня, в воскресенье, 24 ноября, когда Освальда вели из полицейского управления к машине, чтобы отвезти в тюрьму, владелец ночного клуба Джек Руби выстрелил Освальду в живот. Убийца Кеннеди скончался спустя полтора часа в том же госпитале, где умер президент. Спустя десять месяцев, 24 сентября 1964 года, комиссия Уоррена опубликовала свой отчёт. И сегодня 75 процентов американцев не верят выводу, к которому пришла комиссия.

В минувшие со дня убийства Кеннеди десятилетия опубликованы сотни книг о заговоре, а кинорежиссёр Оливер Стоун снял в 1991 году фильм «Джей-Эф-Кей» о заговоре военных и ЦРУ, решивших убить президента за то, что он хотел вывести американские войска из Вьетнама. Согласно фильму, о заговоре знал вице-президент Джонсон.

В начале 1992 года известнейший в Америке прокурор Винсент Буглиози (он, в частности, был прокурором на процессе Чарльза Мэнсона, обвинявшегося в убийстве актрисы Шэрон Тейт) выступал перед американскими адвокатами. Кто-то из слушателей, а их было более шестисот, спросил его об убийстве Кеннеди. Вопрос был не случайным, ибо Буглиози был участником трёхдневного телевизионного шоу в Лондоне, представляя дело по обвинению Освальда в убийстве Кеннеди. Буглиози сказал аудитории: «Поднимите руки те, кто считает, что был заговор!» Руки подняли не менее 85–90 процентов собравшихся. «Ну, а теперь пусть поднимут руки те, кто читал „Отчёт комиссии Уоррена"!» Поднялось лишь несколько рук. И ведь Буглиози встречался не с рядовыми американцами, а с юристами, которые считают возможным, не заглянув в «Отчёт комиссии Уоррена», опровергать её выводы. Что же говорить об американцах, не связанных с юриспруденцией?

Встреча с коллегами потрясла Буглиози, и он сел за работу. Итогом стала книга «Восстановленная история: убийство президента Джона Кеннеди» («Reclaiming History: The Assassination of President John F. Kennedy»). Автор анализирует практически все теории заговора и опровергает их. В книге Буглиози 1612 страниц, вместе с библиографией и именным указателем. Не каждый возьмётся читать этот фолиант, убедительно доказывающий, что Освальд был убийцей-одиночкой. Но есть ещё одна книга, небольшая по объёму, всего 232 страницы. Она написана Марком Фурманом и названа скромно и ясно: «Простой акт убийства» («A Simple Act of Murder»).

Да, то, что произошло в Далласе в пятницу, 22 ноября 1963 года, было простым актом убийства. Никакого заговора. Человек, ненавидевший Америку, стрелял в президента этой страны и убил его. Сторонники теорий заговора просто-напросто не хотят верить, что 24-летний мерзавец сумел без чьей-либо помощи убить всесильного главу сильнейшей в мире державы, которого денно и нощно охраняли. Не правда ли, верится с трудом? Но это — непреложный факт, и каждый, кто опирается на факты, а не на домыслы, придёт к тому же выводу, что и комиссия Уоррена.

Но сторонники теорий заговора уверены: заговор был. Буглиози называет в своей книге сорок четыре «подозрительные» организации. Вот лишь некоторые:

ЦРУ. Мафия. ФБР. Секретная служба. КГБ. Моссад. Американская компартия. Американский военно-промышленный комплекс. Полицейское управление Далласа.

А также: Техасские нефтяные компании. Правительство Южного Вьетнама. Куба. Коммунистический Китай. Тайвань. Католическая церковь. Американское министерство сельского хозяйства. Ку-клукс-клан. Эмигранты из царской России.

И так далее, и так далее. Надо, конечно, упомянуть и газету «Dallas Morning News». Она тоже попала в число заговорщиков.

Я не буду рассказывать о каждой подозреваемой в заговоре организации. Я расскажу только о той, которая, полагаю, интересует большинство читателей: Комитет государственной безопасности — КГБ.

Многие авторы теорий заговора называют КГБ участником заговора против Кеннеди. И понятно почему: Освальд не скрывал своих прокоммунистических убеждений. Он просил о советском гражданстве. Он несколько лет жил в Советском Союзе. Уже вернувшись в США, он добивался визы на Кубу. Зная всё это, легко предположить, что КГБ приложил руку к убийству Кеннеди. Однако американское правительство знало, что КГБ не имеет никакого отношения к убийству президента задолго до завершения работы Комиссии Уоррена. Это было известно уже 2 декабря, через 10 дней после убийства. Директор ФБР Эдгар Гувер получил информацию от Морриса Чайлдса. Вы спросите: кто это такой? Рассказываю.

Моррис Чайлдс — член американской компартии с 1919 года. Он стал коммунистом в 17 лет после иммиграции из царской России. В конце 40-х годов он был главным редактором газеты «Daily Worker». С 1957 года он был заместителем генеральных секретарей Компартии США — сначала Юджина Дэвиса, затем Гэса Холла — по связям с зарубежными компартиями. С 1958 года он 52 раза посетил Советский Союз, и через него СССР передал американской компартии 28 миллионов долларов. В 1957 году в честь Чайлдса был организован приём в Кремле, и генсек Леонид Брежнев лично наградил его орденом Красного Знамени. КГБ не подозревал, что с 1954 года Моррис Чайлдс был агентом ФБР.

Вечером 22 ноября 1963 года Моррис Чайлдс сидел в кабинете Бориса Пономарёва, секретаря ЦК КПСС, заведующего международным отделом ЦК КПСС. Пономарёв нёс ответственность за связь с компартиями зарубежных стран. Чайлдсу не раз доводилось беседовать с ним. Беседы проходили через переводчика. Правда, Чайлдс прекрасно говорил по-русски, но ни Пономарёв, ни другие партийные начальники не имели об этом понятия.

И 22 ноября Чайлдс стал свидетелем паники в кабинете Пономарёва. Он слышал, как без конца упоминают какого-то Освальда, о котором Чайлдс ничего не знал. Пономарёв потребовал, чтобы ему немедленно сообщили, был ли Освальд завербован КГБ. Показывая на Чайлдса, Пономарёв заявил: «Этот американец должен знать правду». Наблюдая за происходящим, Чайлдс пришёл к выводу: эти люди опасаются, что Освальд был агентом КГБ. Они не сомневались: если был, правительству США это станет известно.

Спокойствие в кабинете восстановилось, когда Пономарёв получил личное заверение председателя КГБ Владимира Семичастного: Освальд не был агентом КГБ. Кто-то из помощников Пономарёва посоветовал отправить через Чайлдса правительству США материалы о том, что КГБ не вербовало Освальда. Чайлдс на это ответил, что он — последний человек, которому американское правительство может поверить.

2 декабря Чайлдс прилетел в Нью-Йорк и тут же поставил в известность ФБР о событиях в кабинете Пономарёва.

В 1987 году Моррис Чайлдс, урождённый Мойша Чиловский, принял из рук Рональда Рейгана Президентскую медаль Свободы. Он скончался в 1991 году и похоронен в Чикаго.

Легко, однако, понять авторов многочисленных теорий заговора, уверенных, что у Освальда были сообщники. В их распоряжении — факты, дающие основание не сомневаться, что заговор был. Вот лишь некоторые.

Факт первый: абсолютно непрофессиональная работа сотрудников полицейского управления Далласа. Непрофессиональная — по нынешним меркам. Эта оговорка обязательна, поскольку в середине 60-х годов требования к сбору данных о преступлениях отличались от современных. Сегодня место преступления тут же оцепляется полицией, опрашивается каждый, кто находился на этом месте и поблизости от него.

Вот что происходило 22 ноября 1963 года. Полиции не составило труда найти на шестом этаже книгохранилища окно, из которого были произведены выстрелы. На это окно указали многие. Прибыв туда, полицейские нашли три гильзы. Их следовало брать руками в перчатках, но их брали голыми руками. Каждую следовало положить в отдельный пакетик (или конверт), но их положили в один. Требовалось сохранить в неприкосновенности картонные коробки у окна — так, как их поставил стрелявший, но коробки мешали примчавшимся журналистам сделать фотографии из окна, и коробки отодвинули. Лежавшую тут же винтовку также брали руками без перчаток. На оружии, как и на картонных коробках, остались отпечатки пальцев многих людей. Когда впоследствии коробки изучали агенты ФБР, они всюду обнаруживали отпечатки пальцев Роберта Стадбейкера, возглавлявшего бригаду полицейских, которые первыми были на месте.

Да ведь и Освальд мог быть задержан полицией через пару минут после стрельбы. Когда он спустился с шестого этажа и выходил на улицу, у дверей уже стоял полицейский. «Наш работник»,— сказал ему один из начальников Освальда, и этого оказалось достаточно, чтобы полицейский не задержал человека, выходившего из здания, из окна которого стреляли в президента.

Как, зная всё это, не заподозрить полицию Далласа в соучастии в заговоре!? Прибавьте к этому попустительство полиции, когда два дня спустя арестованного Освальда вели к машине. Полиция разрешила не только газетным фотографам и телеоператорам присутствовать при этом, но и пропустила Джека Руби, не имевшего, разумеется, журналистского удостоверения. Но полицейские, частые посетители стрип-бара, которым владел Руби, не преградили ему путь.

Факты непрофессионализма (скажем так) полиции Далласа накладываются на многочисленные факты нарушений медицинских правил, обязательных при расследовании преступлений со смертельным исходом. Вину за это несут не столько медицинские эксперты, сколько окружение убитого президента и лично вице-президент Джонсон.

В госпитале, куда доставили Кеннеди, врачи настаивали на вскрытии до того, как тело убитого будет передано родным. Этого требовал закон. Но Жаклин Кеннеди объявила, что не вернётся в Вашингтон без тела мужа.

Вице-президент Джонсон стремился как можно скорее вернуться в Вашингтон. Он собирался принять президентскую присягу на борту самолёта в присутствии вдовы Кеннеди. Джонсон спешил. Вскрытие задерживало его вылет из Далласа.

Категорически против вскрытия было и ближайшее окружение покойного. При вскрытии наверняка обнаружилось бы, что Кеннеди был серьёзно болен, а это скрывалось от всей страны. Лишь единицы знали, что Кеннеди должен был носить тугой корсет, чтобы ходить и сидеть прямо. Этого требовали постоянные боли в спине. Кеннеди был в корсете, когда в него стреляли. Уже потом, когда в военно-морском госпитале в вашингтонском пригороде Бетесда было произведено вскрытие, все данные о многочисленных болезнях Джона Кеннеди были уничтожены по распоряжению его брата Роберта.

Обратимся теперь к комиссии Уоррена. Она была создана по распоряжению президента Джонсона через неделю после убийства, 29 ноября. Джонсон поставил членам Комиссии условие: закончить работу до президентских выборов, то есть до первого ноябрьского вторника 1964 года. Уже одно это требование означало: расследование будет носить политический характер. Джонсон также потребовал отсутствия намёка на причастность к заговору Москвы и Кубы, ибо не хотел никаких международных трений накануне президентских выборов. И Джонсон поставил ещё одно условие: любое заключение Комиссии должно быть единогласным.

Зная о требованиях президента Джонсона, трудно избавиться от мысли, что Комиссия Уоррена что-то намеренно скрыла и сознательно исказила. И комиссия Уоррена выдвинула теорию, которую с места в карьер отверг каждый, кто считал, что в президента стрелял не только Освальд. Это теория «волшебной пули» («magic bullet»). Теория родилась не на пустом месте.

По президентскому лимузину было произведено три выстрела. Агенты ФБР и агенты секретной службы утверждали: первая пуля попала в верхнюю часть спины президента, вторая — в губернатора, третья — в голову президента. Но в лимузине нашли осколки только двух пуль. Куда подевалась ещё одна? Если бы она попала в цель, то тоже должна была бы быть где-то в лимузине. Но её так и не нашли. И Арлен Спектер, бывший одним из 14 помощников главных членов комиссии Уоррена, выдвинул теорию, согласно которой первый выстрел не попал в цель, а вторая пуля ранила сначала Кеннеди, а затем — Коннэлли, третья оказалась смертельной.

Одна пуля ранила двоих? Попала сначала в спину президента, а затем, пройдя через его тело, угодила в губернатора? Верится с трудом? Но стрелки-снайперы проверили теорию на практике и пришли к выводу: такое возможно.

Теория «волшебной пули» стала для комиссии Уоррена одним из главных доказательств того, что все выстрелы были сделаны одним стрелком из окна шестого этажа школьного книгохранилища. Теорию «волшебной пули» отвергли все без исключения сторонники теории заговора. Они считали и продолжают считать: стрелял не только Освальд и, значит, существовал заговор.

Признаюсь, что я никогда не верил в «волшебную пулю», но никогда не верил и в заговор. Прочитав множество книг о заговоре, я убеждён, что на планете Земля не могла существовать организация, которая бы решила сделать Освальда участником заговора. Этот человек не вызывал никакого доверия к себе. Он принадлежал к типу людей, на которых абсолютно нельзя положиться ни в чём, и уж тем более в заговоре с целью убийства президента. Весьма показательно, что когда приехавший в Москву Освальд попросил предоставить ему советское гражданство, КГБ не составило труда прийти к выводу, что Советскому Союзу такой тип не нужен, и его отправили подальше от столицы, в Минск.

А как быть с «волшебной пулей», будто бы ранившей и Кеннеди, и Коннэлли? Убедительный ответ дал Марк Фурман. В книге «Простой акт убийства» он доказывает, что все три пули Освальда попали в цель: первая — в спину Кеннеди, вторая — в Коннэлли, третья — в голову Кеннеди.

Можно ли доверять ответу Фурмана на вопрос о «волшебной пуле»? Каждый, кто знает, кто такой Фурман, ответит, я полагаю, утвердительно. Это тот самый полицейский, который стал известен всей стране во время процесса О. Джей. Симпсона. Его знаниям и опыту может позавидовать каждый детектив. Именно Фурман раскрыл в 1997 году убийство 15-летней Марты Моксли, случившееся двадцати двумя(!) годами ранее и не оставившее практически никаких следов. Его книга «Убийство в Гринвиче» («Murder in Greenwich») об убийстве Моксли помогла отправить в 2000 году за решётку убийцу — Майкла Скакела, племянника Этель Кеннеди, вдовы Роберта Кеннеди.

В различных теориях заговора названы имена нескольких сотен людей. Буглиози перечисляет в алфавитном порядке 214 имён, и последним назван тот, чья фамилия начинается с буквы Z — Абрахам Запрудер. Только больное воображение могло назвать его заговорщиком. Этот человек родился в 1905 году в Украине, а в 1920 году иммигрировал с семьёй в Америку. Семья жила в Бруклине, а в 1941 году Запрудер переехал в Даллас. 22 ноября 1963 года Запрудер был в числе тысяч жителей Далласа, стоявших вдоль улиц, по которым ехал президентский лимузин. Он держал в руках любительскую кинокамеру, и благодаря ему история получила на 8-миллиметровой цветной плёнке 26-секундный документальный фильм, который запечатлел движение президентского кортежа и попадание двух пуль в президента. Это единственный документальный фильм об убийстве Кеннеди. Он был одним из главных вещественных доказательств в расследовании Комиссии Уоррена. Журнал «Life» купил оригинальную плёнку за 150 тысяч долларов, и первый платёж, 25 тысяч, Запрудер передал вдове полицейского Типпита, убитого Освальдом.

Марк Фурман изучил фильм Запрудера так, как никто другой, и если мы с вами доверяем фактам, а не вымыслам, то должны согласиться с Фурманом: да, Кеннеди был убит одним человеком выстрелами из одной винтовки.

Не сомневаюсь, что кто-то из читателей считает, что президент Кеннеди стал жертвой заговора. Сомневаюсь, что переубедил таких читателей. Теории заговора гораздо интереснее голой правды. Но мой совет каждому, кто верит, что президент Джон Кеннеди стал жертвой заговора: прочитайте книгу Марка Фурмана «Простой акт убийства». Всего 232 страницы. Читается как детектив.

1980:
Рональд Рейган
Гиппер, победивший смерть

30 марта 1981 года Джон Хинкли стрелял в Рональда Рейгана. Это было единственное в истории Америки покушение на президента, оставшегося жить после того, как пуля попала в него. Авраам Линкольн, Джеймс Гарфилд, Уильям Мак-Кинли и Джон Кеннеди погибли. Рейган выжил благодаря врачам, богатырскому здоровью и счастливому стечению обстоятельств.

Миллионы поклонников президента Рейгана были уверены тогда, как уверены и сегодня, что Гиппер не может умереть дважды. Первый раз он скончался в фильме «Кнут Рокне: всеамериканская звезда» («Knute Rockne: All American»).

Рональд Рейган снялся в шестидесяти девяти картинах. Фильм о тренере футбольной команды Университета Нотр-Дам Кнуте Рокне — один из самых заметных в кинокарьере будущего президента. Он исполняет роль звезды американского футбола Джорджа Гиппа, скончавшегося от пневмонии за несколько месяцев до окончания университета.

Рокне приходит в больницу к умирающему Гиппу, и Гиппер, как называли его друзья и одноклубники, обращается к тренеру с последней в жизни просьбой: «Может случиться, что команда столкнётся с трудностями и ребята будут в растерянности. Так попроси их собраться с силами и выиграть бой ради Гиппера. Я не знаю, где буду в этот момент, да это и неважно. Я все равно узнаю о победе и буду счастлив».

«Win one for the Gipper!» — «Выиграй ради Гиппера!» Эти слова сопровождали Рейгана на протяжении всей политической карьеры. Это был клич его сторонников. И когда Рейган оказался с тяжёлой раной в больнице, миллионы американцев верили, что врачи выиграют бой за его жизнь — выиграют ради Гиппера.

Истории было угодно, чтобы и покушение на Рейгана тоже было связано с кинематографом.

В 1976 году на экраны вышел фильм «Водитель такси». Джону Хинкли был тогда 21 год. К этому времени он окончил школу и, отучившись два семестра в Технологическом университете Техаса, переехал в Лос-Анджелес — культурную столицу на западном побережье. Хотел стать поэтом, автором текстов для шлягеров. Из этого ничего не получилось. Его содержал отец, занимавшийся нефтяным бизнесом. В Лос-Анджелесе Хинкли пристрастился к оружию, транквилизаторам и фильму «Водитель такси». Он посмотрел картину один раз. Потом ещё раз. И ещё. Он смотрел фильм несметное число раз, потому что влюбился в юную актрису Джоди Фостер. Ей было 14 лет, она исполняла роль 12-летней проститутки Айрис. Напомню содержание фильма, чтобы была понятна затея Хинкли.

«Такси-драйвер» — картина о нью-йоркском таксисте Трависе Бикли, роль которого исполняет Роберт Де Ниро. Бикли воевал во Вьетнаме, вернулся в Нью-Йорк и постоянно сталкивается в родном городе с безобразиями жизни. Он возмущается уличной преступностью. Он негодует, потому что в проституцию втянуты даже дети — такие, как 12-летняя Айрис. Бикли готов с этим бороться. Как бороться? Он замышляет убийство сенатора Чарльза Палантина, который выдвинул свою кандидатуру на пост президента. Убить сенатора ему не удаётся. Бикли убивает тех, кто эксплуатирует Айрис. В фильме — хэппи-энд. Газеты славят Бикли как героя. Родители Айрис благодарят его за спасение дочери. Травис Бикли возвращается в свой таксопарк и вновь начинает крутить баранку.

Джон Хинкли влюбился в очаровательную Джоди Фостер и... начал преследовать её. Он писал ей письма. Звонил по телефону. Узнав, что Фостер поступила учиться в Йельский университет, он переехал в коннектикутский город Нью-Хэйвен, где находится этот университет, и записался в группу молодых людей — будущих поэтов и писателей. Хинкли писал Фостер письма в стихах. Он подсовывал их под дверь её комнаты. И чтобы привлечь её внимание, начал раздумывать, что бы такое сделать, чтобы её потрясти. Хинкли задумал угнать самолёт, а затем совершить самоубийство — разбиться вместе с самолётом на глазах у Фостер. Но виденный многократно фильм натолкнул его на другую мысль. Герой картины замышлял убить сенатора, который хочет стать президентом. Хинкли решил убить президента. Такой акт, не сомневался он, немедленно превратит его в фигуру исторического масштаба.

Шёл 1980 год. Президенту Джимми Картеру предстояли выборы, и он колесил по стране, встречаясь с избирателями. Газеты, телевидение, радио сообщали, где и когда будет Картер. Хинкли ждал, когда представится случай. Случай мог преставиться в Нэшвилле. Но в аэропорту этого города в багаже Хинкли нашли оружие. У него не было права на ношение оружия, и оно было конфисковано. Хинкли заплатил штраф 62 доллара 50 центов и был отпущен на все четыре стороны. ФБР не установило какой-либо связи между арестом Хинкли и визитом президента Картера в Нэшвилл и не поставило в известность о случившемся секретную службу, призванную защищать президента. Родители Хинкли заставили сына обратиться к психиатру, и он несколько раз побывал на приёме у специалиста. В ноябре 1980 года Картер проиграл выборы Рейгану.

Хинкли продолжал преследовать Фостер. В начале марта 1981 года он отправил ей несколько писем, она передала их в администрацию Йельского университета и просила защитить её от преследований поклонника. Администрация обратилась в полицейское отделение университета. Полиция не сумела выйти на след Хинкли.

21 марта в вашингтонском Театре Форда — том самом, где Джон Уилкс Бут стрелял в Авраама Линкольна, президент Рейган встречался с избирателями, которые жертвовали деньги в его избирательный фонд. Президент был в театре вместе с женой и сказал Нэнси, когда они вернулись в Белый дом: «Я посмотрел на президентскую ложу, в которой находился Эйб Линкольн, и у меня было странное ощущение… Я подумал, что даже при том, как нас охраняет секретная служба, если кто-то решит стрелять в президента, то у него есть возможность подобраться достаточно близко…»

Это было 21 марта, а спустя девять дней, 30-го, в 2 часа 27 минут после полудня, Хинкли стрелял в Рейгана, когда президент, выйдя из дверей вашингтонского отеля «Хилтон», шёл в сопровождении телохранителей к своему лимузину.

Рональд Рейган

Хинкли приехал в Вашингтон днём ранее, в воскресенье, и снял номер в отеле «Парк Сентр». Утром в понедельник он завтракал в ресторанчике «Макдоналдс» и просматривал газету «Washington Star». На 4-й странице первой секции был напечатан распорядок дня президента, и Хинкли решил, что пришло время осуществить задуманное. Он написал Фостер письмо, в котором выразил надежду, что его поступок заставит её, наконец, понять, силу его любви. «Если бы я мог завоевать Ваше сердце и жить с Вами всю оставшуюся жизнь, я отказался бы от идеи убить Рейгана»,— писал Хинкли. Неотправленное письмо было найдено после его ареста.

В понедельник, 30 марта, Рейган выступал в отеле «Хилтон» перед членами профсоюзного объединения «Американская федерация труда — Конгресс производственных профсоюзов» (АФТ-КПП). Обычно профсоюзники поддерживают кандидатов Демократической партии, но в 1980 году большинство членов АФТ-КПП голосовали не за демократа Картера, а за республиканца Рейгана, который в свои «киношные» годы был профсоюзным деятелем, возглавлял в Голливуде актёрскую гильдию. В «Хилтоне» Рейган благодарил профсоюзников за поддержку и выражал надежду, что и в будущем он сможет на них рассчитывать.

Президент приехал в отель в 1 час 45 минут после полудня. Обычно секретная служба обязывала его надевать пуленепробиваемый жилет, но на этот раз такого требования не было. До приезда Рейгана в «Хилтон» агенты секретной службы обследовали все входы и выходы, проверили всех служащих отеля, которые могли оказаться рядом с президентом. На крыше здания, находящегося напротив отеля, расположились снайперы, а все окна в этом здании были закрыты. Однако секретная служба предусмотрела не всё.

От дверей отеля, из которых выходил Рейган, до президентского лимузина было всего 30 футов — чуть больше девяти метров. Пройти это расстояние Рейган мог за несколько секунд. Агенты секретной службы не сомневались, что в эти секунды никто и ничто ему не грозит. Они проявили, конечно, непростительную халатность, допустив в группу стоящих у выхода из отеля журналистов тех, кто не имел отношения к СМИ. В их числе был и Джон Хинкли.

В 2 часа 27 минут Рейган вышел из отеля, и Хинкли, стоявший в 15 футах от дверей, открыл стрельбу из револьвера «Рем» 22-го калибра. В течение 1,7 секунды он успел выстрелить шесть раз. Первая пуля попала в голову пресс-секретаря Белого дома Джеймса Брейди. Вторая — в шею полицейского Томаса Дилаханти. Третья — в окно здания напротив отеля. Четвёртая — в живот агента секретной службы Тимоти Маккарти. Пятая — в пуленепробиваемое стекло открытой двери президентского лимузина. Шестая — рикошетом от бронированной обшивки лимузина ранила президента, застряв под его левой рукой.

Во время третьего выстрела агент секретной службы Джерри Парр уже заталкивал Рейгана в лимузин, и если бы он задержался на мгновение, пуля могла попасть в голову президента. Выстрелить в седьмой раз Хинкли не успел, его сбили с ног.

«С вами всё в порядке?» — спросил Парр Рейгана. «Да», — ответил президент. И Парр приказал водителю ехать в Белый дом. Лимузин отъехал, а спустя 30 секунд Рейган пожаловался на боль в груди и сказал, что ему трудно дышать. Парр тут же обратил внимание на кровь на губах президента. «Едем в госпиталь Джорджа Вашингтона! Быстро!» — приказал он водителю.

Когда лимузин с президентом отъезжал от отеля, за ним следовала машина с агентом секретной службы Мэри Энн Гордон, и она почти тут же велела водителю обогнать президентский лимузин и ехать впереди, прокладывая дорогу. Но как только лимузин по приказу Парра изменил направление, ни машина с агентом секретной службы Гордон, ни четыре мотоциклиста, сопровождавшие лимузин, не успели повторить манёвр, и лимузин с президентом оказался на какое-то время без прикрытия. Что, если бы Хинкли был участником заговора? Кто защитил бы в этом случае лимузин президента?

Пока лимузин мчался, Парр попросил по радио своих коллег сообщить в госпиталь, чтобы там были готовы принять раненого. Но когда президента привезли, никто его не встречал, не было носилок, и президент сам пошёл к входу. К счастью, медицинский персонал был готов к работе.

Хинкли стрелял в 2 часа 27 минут, Рейгана привезли в госпиталь в 2 часа 30 минут. И как только президент переступил порог, бригада врачей тут же приступила к осмотру. Вскоре в госпиталь приехала Нэнси Рейган и ближайшие помощники президента. При заполнении формуляра на только что прибывшего больного один из служащих обратился к Майклу Диверу, помощнику Рейгана: «Пожалуйста, назовите адрес!» И только когда услышал ответ: «1600, Пенсильвания-авеню», он осознал, что прибывший больной — президент Соединённых Штатов.

Через тридцать минут после предварительного осмотра доктор Джозеф Джиордано распорядился готовиться к операции. Требовалось удалить пулю из тела президента. Если бы Хинкли стрелял не из револьвера 22-го калибра, а из револьвера 38-го, рана могла оказаться смертельной. Хинкли стрелял пулями, которые называют «разрушитель» — «devastator». У этих пуль — алюминиевый колпачок. При ударе пуля взрывается. Пуля, попавшая в президента, срикошетила от лимузина и взорвалась до того, как попала в Рейгана. Если бы взорвалась, попав под левую руку вблизи сердца, рана могла оказаться смертельной.

Перед операцией Нэнси была с мужем. Когда президент увидел испуганную и едва сдерживающую слёзы жену, он извиняющимся голосом произнёс фразу легендарного боксёра Джека Демпси, потерпевшего поражение:

«Прости, дорогая, я забыл увернуться». Как только Рейган пришёл в себя и увидел тех, кто оперировал его, он сказал: «Надеюсь, вы все республиканцы». Врачи и медсестры рассмеялись, а Джиордано, демократ, ответил: «Сегодня, мистер президент, мы все республиканцы».

Хинкли стрелял в Рейгана 30 марта. Менее чем через месяц, 25 апреля, Рейган приступил к исполнению президентских обязанностей. Опрос общественного мнения, проведённый Институтом Гэллапа, показал, что 73 процента американцев одобряют его работу.

Вернёмся, однако, в тот день, когда Хинкли стрелял в Рейгана. 30 марта. Он стрелял в 2 часа 27 минут, и уже в 2 часа 42 минуты об этом сообщила телекомпания Эй-би-си, и следом — Эн-би-си, Си-би-эс... В это время вице-президент Джордж Буш находился в самолёте «Эйр-форс-2» в небе над Техасом. Заведующий канцелярией Белого дома Джеймс Бейкер и советник президента Эдвин Мииз были в госпитале. В то же самое время государственный секретарь Александер Хейг, министр обороны Каспар Вайнбергер и советник президента по вопросам национальной безопасности Ричард Аллен обсуждали в Белом доме насущные вопросы и, в частности, необычайную активность советских подводных лодок у Атлантического побережья страны и возможную интервенцию СССР в Польшу в связи с деятельностью свободного польского профсоюза «Солидарность». Когда участники совещания узнали, что Рейгану предстоит операция и какое-то время он будет не у дел, госсекретарь Хейг объявил, что до прибытия вице-президента Буша в Вашингтон он является главным лицом в правительстве. Это Хейг заявил и на пресс-конференции. «Согласно конституции,— сказал он,— у нас есть президент, вице-президент и государственный секретарь — в таком порядке... И пока не вернётся вице-президент, контроль здесь, в Белом доме, у меня...»

Хейг не знал закон. Государственный секретарь стоит лишь четвёртым в списке тех, кто может стать главой исполнительной власти в случае отсутствия президента. Первый — вице-президент. Второй — спикер Палаты представителей. Третий — старейшина Сената. Государственный секретарь — четвёртый. Когда Хейг покинул пресс-центр Белого дома и вернулся к министрам, с которыми беседовал ранее, Вайнбергер тут же обратил внимание на его ошибку.

Вице-президент Буш прибыл в Белый дом в 7 часов вечера — через 40 минут после того, как хирурги закончили оперировать Рейгана. В 8 часов 20 минут вечера Буш выступил по телевидению: «Я могу заверить страну и весь мир, что американское правительство работает плодотворно и эффективно».

Напомню: пули Хинкли попали, кроме президента, в пресс-секретаря Белого дома Брейди, в полицейского Дилаханти и агента секретной службы Маккарти. Дилаханти и Маккарти полностью выздоровели, а Брейди остался инвалидом. Он числился пресс-секретарём до завершения первого четырёхлетнего срока президента Рейгана, но работать, конечно, не мог. Позднее Брейди и его жена стали активными противниками продажи оружия. Однако Рейган всегда выступал против ограничений на продажу оружия и защищал Вторую поправку к Конституции, которая гарантирует право американских граждан на владение оружием. Но 30 марта 1991 года, в десятую годовщину покушения, бывший президент Рональд Рейган поддержал обсуждавшийся в Конгрессе закон, который воздвигал барьеры при покупке оружия психически больными людьми. Закон, названный именем Брейди, был одобрен Конгрессом в 1993 году.

Покушение на Рейгана потрясло Нэнси. Опасаясь за жизнь мужа, она настаивала, чтобы он не добивался переизбрания на второй срок. Президент не прислушался к просьбе жены, хотя обычно соглашался с ней. Ни одна первая леди не играла в политической карьере своего мужа такой роли, какую играла Нэнси в карьере Рональда. Она была его главным советником, помощником, телохранителем и другом. Майкл Дивер, многолетний советник и друг Рейгана, сказал однажды: «Не будь Нэнси, не было бы ни губернатора Калифорнии Рейгана, ни президента Рейгана».

Нэнси Рейган — вторая жена Рональда Рейгана. Первой была киноактриса Джейн Уайман. Они познакомились в 1938 году, когда вместе участвовали в съёмках фильма «Братец крыса», развелись спустя десять лет — в 48-м. В следующем году Рейган впервые встретился с киноактрисой Нэнси Дэвис. Поводом для встречи послужил опубликованный 28 октября в газете «Hollywood Reporter» список симпатизирующих коммунистам режиссёров, актёров, сценаристов. Нэнси Дэвис пришла в ужас, обнаружив среди «симпатизирующих» своё имя. Она обратилась за помощью к своему другу — режиссёру-антикоммунисту Мервину Лерою. Он посоветовал ей встретиться с президентом Гильдии киноактёров Рейганом и сам позвонил ему. Рейган, в свою очередь, позвонил Нэнси и назначил ей встречу. Ко дню их встречи выяснилось, что в Лос-Анджелесе живёт и работает ещё одна Нэнси Дэвис — театральная актриса, рекламирующая Советский Союз и советский образ жизни с театральных подмостков. «Дело» было закрыто, однако Рейган и Нэнси все-таки решили встретиться.

«Рони сразу же понравился мне. Потому что он не говорил только о себе… Весь мир знал, что он недавно развёлся с Джейн Уайман, но он не вдавался в детали, и если бы вдавался, он бы мне не понравился»,— вспоминала годы спустя Нэнси Рейган в автобиографии «Моя очередь» («My Turn»).

Первая встреча Рони и Нэнси состоялась 15 ноября 1949 года, а 4 марта 1952 года Нэнси во второй раз в своей жизни сменила фамилию. Она родилась как Анна Фрэнсис Роббинс. Отец Кеннет Роббинс, торговец автомобилями, расстался с женой-актрисой Эдит Лакетт, когда дочь была младенцем. Крестной матерью дочери, которую с детства называли Нэнси, была известная всей Америке актриса немого кино Алла Назимова. В 1929 году Эдит вышла замуж за нейрохирурга Лойала Дэвиса. Он удочерил Нэнси, и она всегда называла его «мой отец». Годы спустя, когда Рейган был губернатором Калифорнии, в официальной биографии первой леди Калифорнии говорилось: «Единственная дочь доктора Лойала Дэвиса».

Вообразить киноактрису Нэнси Дэвис «красной» мог только тот, кто вообще её не знал. Она была антикоммунисткой. Взгляды Нэнси сформировались под влиянием отца — одного из известнейших в мире нейрохирургов, многолетнего президента Американской ассоциации хирургов. О политической принципиальности доктора Дэвиса свидетельствует такой факт. В городе Гейлсбурге, штат Иллинойс, где он родился, его именем назвали улицу. Узнав после президентских выборов 1964 года, что большинство жителей Гейлсбурга голосовали не за республиканца Барри Голдуотера, а за президента-демократа Линдона Джонсона, доктор Дэвис потребовал, чтобы его имя было убрано с городской улицы, и добился своего. И начало политической карьеры Рейгана связано с Голдуотером. Она началась с транслировавшейся телевидением по всей стране речи Рейгана в поддержку кандидатуры Голдуотера.

Сегодня Рональд Рейган — один из героев Республиканской партии, но долгие годы он был демократом. «Я был демократом по рождению, и через несколько месяцев после того, как мне исполнился 21 год, я отдал свой голос Рузвельту... Я преклонялся перед Франклином Делано Рузвельтом»,— читаем мы в автобиографии Рейгана «An American Life» («Жизнь по-американски» — так назван перевод на русский язык). «Ко времени окончания Второй мировой войны я был убеждённым сторонником рузвельтовского «нового курса»... Я считал, что правительство может разрешить все послевоенные проблемы. Я не доверял большому бизнесу»,— писал Рейган.

Авторы всех биографий Рейгана единогласны: Нэнси оказала влияние на политические взгляды мужа. Споры идут лишь о размере влияния — от минимального до едва ли не определяющего.

Перековка Рейгана проходила долго. Ещё до знакомства с Нэнси он начал задумываться о политике Демократической партии. Вскоре после знакомства с Нэнси спросил у неё, верит ли она, что у Советского Союза существует план влияния на Голливуд. «Разумеется! — тут же сказала Нэнси. — Они пытаются навязать свою идеологию с помощью фильмов».

Книга «Свидетель» («Witness»), написанная бывшим американским коммунистом-подпольщиком Уиттекером Чемберсом в 1952 году, завершила перековку Рейгана — из демократа в республиканца. В 1960 году он впервые голосовал за кандидата Республиканской партии — Ричарда Никсона. Спустя четыре года, за неделю до президентских выборов, в которых президент-демократ Линдон Джонсон противостоял сенатору-республиканцу Барри Голдуотеру, Рейган выступил по телевидению в поддержку Голдуотера. «Время выбирать» («A Time for Choosing») — так называлось его 28-минутное телеобращение к избирателям.

Телеобращение не спасло Голдуотера от поражения, но воодушевило калифорнийских друзей Рейгана. Они убеждали его баллотироваться в губернаторы Калифорнии. Нэнси была в числе убеждавших наиболее активно.

«Я обратился, — читаем мы в автобиографии Рейгана, — за советом к своему тестю Лойалу Дэвису... Он сказал, что если я собираюсь баллотироваться, то поступлю как идиот. Он сказал, что человеку, намеренному стать политиком, придётся поступаться честью и совестью...»

Рейган прислушался не к совету тестя, а к совету жены. В 1966 году он победил Пата Брауна, который сидел в губернаторском кресле уже восемь лет и надеялся ещё на четыре. «Чем собираетесь заняться в первую очередь?» — спросили у губернатора-электа Рейгана на его первой после победы пресс-конференции. «Не знаю,— ответил он.— Я никогда не исполнял роль губернатора».

Восемь лет — с 1967-го по 1975-й — Рейган был губернатором, и его мастерство как руководителя администрации крупнейшего в стране штата убедило Нэнси и политических советников её мужа: ему следует баллотироваться в президенты. Но Рейгана мучили сомнения, и для этого были основания. В августе 1974 года ушёл в отставку Ричард Никсон и президентом стал Джеральд Форд. Было ясно, что Форд будет добиваться избрания на следующий срок. Рейган не был уверен, следует ли противостоять однопартийцу. С сомнениями покончила проводимая Фордом политика.

Форд продолжил начатый Никсоном детант с Советским Союзом, игнорируя нарушения прав человека. Форд амнистировал американцев, скрывавшихся от военной службы во время Вьетнамской войны. По совету государственного секретаря Генри Киссинджера Форд отказался встретиться с высланным из Советского Союза писателем Александром Солженицыным. Форд согласился с Конгрессом повысить налоги. Всё это, как и многое другое, не могло оставить Рейгана безучастным, и он бросил вызов президенту.

Съезд Республиканской партии состоялся в Канзас-Сити, штат Миссури, в августе 1976 года. Для номинирования кандидатом в президенты требовалось заручиться поддержкой 1130 делегатов. Форд превысил норму на 57 голосов, опередил Рейгана на 117. Рейган не сомневался: президентом США ему, 65-летнему, уже не быть. Пенсионный возраст. О каком президентстве может идти речь?! Нэнси считала иначе. И не только она, конечно.

Победа Джимми Картера над Фордом на всеобщих выборах открыла Рейгану дорогу. Он начал готовиться к выборам сразу же после победы Картера.

В отличие от большинства бывших губернаторов, малоизвестных за пределами своих штатов, Рейган был популярен. Его знали как киноактёра. Он не был, конечно, звездой кино, как, скажем, Кэри Грант, или Хэмфри Богарт, или Дин Мартин. Но киноактёра Рейгана знал каждый американец. После Голливуда Рейган в течение восьми лет — с 54-го по 62-й — появлялся каждое воскресенье на телеэкранах миллионов американцев в вечерней передаче, рекламировавшей продукцию компании «Дженерал Электрик». Телесериал назывался так: «General Electric Theater». А начиная с первой половины 70-х годов, Рейган постоянно выступал по радио и писал политические комментарии. Его радиовыступления передавали 286 радиостанций, статьи печатали 226 газет. В общей сложности каждую неделю его слушали и читали 20 миллионов американцев. Рейгану не следовало беспокоиться о своей известности.

13 ноября 1979 года Рейган официально выставил свою кандидатуру на пост президента. В руководство его команды входили те же люди, что и в 1976 году. Но через три месяца после выхода Рейгана на старт в новой избирательной гонке Нэнси потребовала уволить менеджера команды Джона Сирса. Сирс хотел руководить в одиночку, считал, что Рейган должен прислушиваться исключительно к его советам. По настоянию Нэнси Сирса сменил Уильям Кейси, будущий директор ЦРУ. Вскоре Нэнси предложила включить в число топ-менеджеров команды Стюарта Спенсера. Предложение встретили в штыки едва ли не все советники Рейгана, поскольку

четырьмя годами ранее Спенсер возглавлял избирательную команду Форда. Рейган прислушался к словам жены. Советники Рейгана едва ли не в один голос предлагали взять в напарники — в вице-президенты — бывшего президента Форда. Нэнси была категорически против.

«Я не могла поверить тому, что советники Рони хотели, чтобы он выбрал Джеральда Форда. Связку Рейган — Форд они называли «командой мечты», уверенные, что такая связка объединит республиканцев и будет непобедимой на всеобщих выборах в ноябре. Опросы показывали, что они правы, и Рони тоже нравилась их идея... Я считала идею нелепой. Я не могла представить, как бывший президент мог вернуться в Белый дом вторым номером... «Это не годится,— сказала я Рони.— Это не сработает»»,— вспоминала Нэнси Рейган в автобиографии. Выбрав в напарники Джорджа Буша — своего главного соперника среди республиканцев в борьбе за номинацию кандидатом в президенты, Рейган удивил многих, но не жену.

На всеобщих выборах Рейган победил в 44 штатах, оставив на долю Картера только шесть. Ещё более внушительной была победа Рейгана через четыре года, когда его соперником был Уолтер Мондейл, занимавший пост вице-президента в администрации Картера. Рейган победил в 49 штатах, оставив на долю Мондейла только его родную Миннесоту. Рейган установил рекорд, не побитый до сих пор: получил голоса 525 выборщиков из 538.

Все восемь президентских лет Рейгана первая леди была в числе его главных советников, и она была его главным, безо всяких «но» и «если», телохранителем. Разумеется, президента охраняли и защищали агенты секретной службы. Но после покушения Хинкли Нэнси

Рейган взяла охрану мужа в свои руки, доверяя при этом едва ли не во всём советам астролога Джоан Куигли.

В последний год президентства Рейгана бестселлером стала книга «Для печати: от Уолл-стрит до Вашингтона» («For the Record: From Wall Street to Washington»). Это была автобиография Дона Ригана, занимавшего в администрации Рейгана два поста: сначала он был министром финансов, затем — заведующим канцелярией Белого дома. Риган ушёл, попав в немилость к Нэнси. Принимаясь за мемуары, Риган не забыл об этом.

Риган, в частности, писал: «Одно время у меня на столе был календарь, где каждый день был отмечен особого цвета чернилами (зелёными — благоприятные дни, жёлтыми — нейтральные, красными — неблагоприятные) для того, чтобы я помнил, когда безопасно передвижение президента Соединённых Штатов с места на место, когда планировать его публичные выступления или начинать переговоры с иностранной державой».

Заведующему канцелярией Белого дома — а этот пост сродни премьер-министерскому — приходилось раскрашивать настольный календарь, руководствуясь требованиями первой леди. А Нэнси следовала указаниям своей «подруги», как называет Риган в автобиографии астролога Джоан Куигли. После покушения Хинкли на президента общение Нэнси и Джоан по телефону — Куигли жила в Сан-Франциско — стало постоянным, ежедневным. Расписание президента составлялось — не всегда, но часто — в зависимости от советов астролога.

«Не многие люди в состоянии понять чувства женщины, в мужа которой стреляли и он едва не умер, а ему затем приходится появляться перед громадными толпами, десятками тысяч людей, один из которых может оказаться умалишённым с оружием... Я делала все, что могла придумать, чтобы защитить мужа и сохранить ему жизнь»,— писала Нэнси в автобиографии.

Рональд и Нэнси Рейганы покидали Белый дом 21 января 1989 года, в день инаугурации Джорджа Буша. Они отправились в любимую ими Южную Калифорнию. Спустя пять лет бывший президент объявил всей стране, что у него болезнь Альцгеймера. В последующие десять лет Нэнси ни на день не покидала своего Рони. Она — и вся Америка — хоронили его 11 июня 2004 года, через шесть дней после смерти. А 6 марта 2016 года скончалась Нэнси. Её хоронили при заходе солнца в калифорнийском городе Сими-Вэлли на территории Президентской библиотеки Рональда Рейгана — там, где 12 годами ранее был похоронен — при заходе солнца — Рональд Рейган.

«Я не боюсь умереть,— сказала Нэнси за несколько дней до смерти своей дочери Патти Дэвис. — Я снова увижу Рони».

«Не было бы Президентской библиотеки Рональда Рейгана, если бы не было президента Рональда Рейгана. И не было бы, вероятно, президента Рональда Рейгана без Нэнси Рейган»,— сказал на церемонии прощания с Нэнси Рейган её сын Рон Рейган-младший.

* * *

В 1984 году я получил американское гражданство и впервые в своей американкой жизни участвовал в выборах. Я голосовал за Гиппера. Это был один из поданных за него 54 миллионов 455 тысяч 432 голосов.

* * *

Жизнь несправедлива. Ушёл из жизни Рональд Рейган. Ушла Нэнси. Но всё ещё коптит небо Джон Хинкли. После покушения на президента его признали умалишённым и отправили в Больницу Св. Екатерины. За сто двадцать пять лет до Хинкли пациентом этой вашингтонской больницы для душевнобольных стал Ричард Лоуренс, пытавшийся стрелять в президента Эндрю Джексона. Лоуренс скончался в больнице, но Хинкли вышел из неё через 35 лет после покушения. Федеральный суд решил, что он уже не представляет угрозы, и освободил его от психиатрической опеки. В 2016 году 61-летний Хинкли стал жить под наблюдением матери. В 2018 году врачи пришли к выводу, что он может жить отдельно.

2000:
Джордж Буш

Граната не взорвалась

Покушение на Рональда Рейгана преподнесло секретной службе урок: необходимо проверять каждого, кто может находиться в обозримой близости от президента. И каждый, чья жизнь доверена агентам секретной службы,— это президент и его ближайшие родственники,— были обязаны подчиняться распоряжениям агентов. Эти правила назубок усвоили пришедший в Белый дом на смену Рейгану вице-президент Джордж Буш, первая леди, их дети. В чете Клинтонов, сменившей в Белом доме чету Бушей, ярой противницей постоянной «слежки» была Хиллари. Секретная служба часто меняла — по её требованию — агентов, которым было вменено в обязанность защищать её. Но каждый новый неукоснительно выполнял инструкции по охране первой леди. Джордж Буш-сын и его жена, вселившиеся в президентский особняк после Клинтонов, были людьми дисциплинированными, беспрекословно подчинялись агентам секретной службы. Но и агенты секретной службы, профессионалы до мозга костей, не в состоянии гарантировать абсолютную безопасность президента. Это доказывает попытка покушения на президента Буша в Тбилиси.

Джордж Буш

Каждому зарубежному визиту президента предшествует многодневная подготовка. Особенно в тех случаях, когда в расписание поездки входит появление президента перед толпой. Место, где это произойдёт, оговаривается заранее, и секретная служба занимается подготовкой рука об руку с правоохранительными органами страны, принимающей президента. Проникнуть вооружённому человеку на место встречи с американским президентом почти невозможно. Почти.

10 мая 2005 года вооружённый ручной гранатой Владимир Арутюнян в Тбилиси проник на площадь Свободы, где президент Грузии Михаил Саакашвили и президент США Джордж Буш должны были выступать перед многотысячной толпой. Когда Буш поднялся на трибуну и начал говорить, Арутюнян бросил обёрнутую в красную ткань гранату. Граната не долетела до Буша и до возвышения, где сидели Саакашвили, его жена, первая леди США Лора Буш, другие официальные лица и — не взорвалась. Гранату немедленно подобрал грузинский полицейский. Арутюнян же растворился в толпе.

Саакашвили и Буш узнали о случившемся после митинга. Арутюняна арестовали только в июле.

Покушение в Тбилиси на Джорджа Буша широко освещалось средствами массовой информации по обе стороны Атлантического океана. Московская газета «Коммерсантъ» напечатала в пятницу, 22 июля 2005 года, следующую статью:

«Выйти на след человека, который 10 мая этого года на площади Свободы в Тбилиси бросил неразорвавшуюся гранату РГД-5 в президента США Джорджа Буша, грузинские спецслужбы смогли после того, как в понедельник глава МВД Грузии Вано Мерабишвили на пресс-конференции в Тбилиси продемонстрировал фото подозреваемого — молодого человека в тёмных очках. Журналисты сразу же обратили внимание на очень высокое качество фотографии — видно каждую деталь, но снято под странным ракурсом, сверху (позднее компетентные лица пояснили, что съёмка производилась с американского спутника). Глава МВД сообщил, что лицо или группа лиц, которые помогут найти преступника, получит от государства премию в размере 150 тыс. лари (около $ 80 тыс.).

Снимок стали показывать по всем восьми каналам грузинского телевидения несколько раз в час. За два дня в МВД поступило более ста сигналов о лицах, похожих на разыскиваемого. Все сообщения проверялись группами службы контрразведки МВД Грузии из трёх-четырёх сотрудников, которые выезжали на место.

В среду (20 июля) днём в МВД поступила информация о том, что на фото запечатлён Владимир Арутюнян, проживающий с матерью в тбилисском пригородном районе Вашлиджвари. Группа из трёх сотрудников МВД, в том числе начальник контртеррористического центра МВД Грузии Зураб Квливидзе, выехала для проверки, ещё не зная, что на этот раз ей придётся встретиться с настоящим преступником.

Приехав в Вашлиджвари, полицейские обнаружили, что Владимира Арутюняна нет дома. Его мать сообщила, что не видела сына уже несколько дней. Заподозрив неладное, полицейские решили не уезжать с места. Через несколько часов в подъезд вошёл бородатый мужчина с рюкзаком и в военной форме, похожий на человека на фотоснимке. Когда сотрудники МВД приблизились к нему, он выхватил автомат, открыл огонь и убил на месте полковника Зураба Квливидзе.

Открыв ответный огонь, оперативники ранили преступника в живот и плечо. Тем не менее Владимир Арутюнян сумел выбежать из подъезда и скрыться в ближайшем парке. Группа вызвала подкрепление, после чего прибывший на место спецназ МВД оцепил парк.

Через полчаса Владимир Арутюнян был схвачен. Бойцы спецназа, получившие строгий приказ министра внутренних дел взять преступника живым, стреляли в воздух, заставляя Арутюняна отстреливаться и израсходовать весь свой боезапас (два магазина автомата Калашникова).

После задержания Владимира Арутюняна доставили в республиканскую больницу. Врачи сообщили, что, несмотря на сквозное ранение в живот, жизни пациента ничто не угрожает. Врачам он заявил, что, будь у него такая возможность, он снова попытался бы убить Джорджа

Буша. Позднее, когда Владимира Арутюняна попытались допросить сотрудники ФБР США в Грузии, он обругал их по-английски. Как оказалось, он неплохо владеет этим языком.

Между тем мать Владимира Анжела Арутюнян была допрошена в здании МВД и затем отпущена. На допросе она повторяла, что не верит в то, что её сын мог совершить покушение на президента США.

Анжела Арутюнян работает на рынке продавщицей. Что касается её 27-летнего сына Владимира, то, по рассказам соседей, «он был необщительным и ни с кем не дружил». При этом жители Вашлиджвари подчёркивают, что Владимир, проживший в этом доме 23 года, «вёл себя странно». По их мнению, одной из таких странностей было то, что он «никогда не откликался на предложение соседей выпить во дворе с ними холодного пива». Подобное поведение многие в Тбилиси считают свидетельством того, что с таким человеком что-то неладно.

Семья Арутюнянов, приехавшая в Тбилиси из деревни, жила очень бедно. Жильцы дома рассказывают, что «у них не было даже пяти тетри (три цента), чтобы подняться в квартиру на платном лифте». Владимир Арутюнян имел девять классов образования, рос без отца и нигде никогда не работал.

В ходе обыска в подвале дома были обнаружены взрывчатка, самодельные взрывные устройства, гранаты РГД-5 и даже некие «химические и биологические вещества». Любопытно, что в квартире Арутюнянов кроме военного снаряжения и оружия был найден бестселлер американского писателя Фредерика Форсайта «День шакала». Напомним, что в этой книге рассказывается об организации покушения на президента Франции Шарля де Голля. По словам представителей следствия, книга изъята и приобщена к материалам следствия. В квартире также были найдены противогаз, прибор ночного видения, два комплекта военной формы со знаками отличия, литература по военной подготовке, большое количество электронных приспособлений, а также погоны и фуражка солдата российской армии.

По заявлению Вано Мерабишвили, МВД Грузии совместно с американскими коллегами «работает над выявлением связей террориста и его мотивов». Как заявил вчера в Вашингтоне официальный представитель секретной службы США Эрик Зарен, служба охраны американского президента внимательно следит за ходом расследования, проводимого властями Грузии. Вчера же стало известно о том, что президент Грузии Михаил Саакашвили, отдыхавший в Нидерландах в доме своей супруги Сандры Руловс, срочно прервал свой отпуск и вернулся в Тбилиси. Как сообщили в администрации президента, досрочное возвращение Михаила Саакашвили связано с задержанием подозреваемого в попытке совершения теракта на площади Свободы.

Вчера же своё заявление по поводу задержания Владимира Арутюняна сделал заместитель командующего Группы Российских Войск в Закавказье (ГРВЗ) полковник Владимир Купарадзе. Господин Купарадзе назвал «абсурдным и провокационным» сообщение ряда грузинских СМИ о причастности Владимира Арутюняна к ГРВЗ. «Официально заявляю, что задержанный никакого отношения к нам не имеет, а СМИ следует осторожнее относиться к распространению подобных версий», — отметил он».

11 января 2006 года Тбилисский городской суд признал Арутюняна виновным по всем предъявленным ему статьям. Его приговорили к пожизненному заключению.

Что не смог сделать в реальной жизни Владимир Арутюнян, сумел сделать в кино британский режиссёр Габриэл Рендж. В 2006 году он смастерил по собственному сценарию фильм «Смерть президента». Картина получила награды на нескольких международных кинофестивалях, демонстрировалась более чем в сорока странах. «Умный, вдумчивый и абсолютно правдоподобный. Каждый должен увидеть», — писала о фильме газета «New York Observer».

Не берусь гадать, видел ли этот фильм Арутюнян, уже находившейся за решёткой. Если видел, наверняка аплодировал. Режиссёру и сценаристу Ренджу удалось то, что не удалось ему. Рендж убил президента Буша, который все ещё жил в Вашингтоне в доме по адресу 1600, Пенсильвания-авеню.

Фильм, действительно, правдоподобный. В нём есть документальные кадры, призванные убедить зрителя в правдивости происходящих на экране событий. «Никогда не видел столь сильного сердца у человека возраста президента», — говорит врач после вскрытия убитого. Это кадры пресс-конференции врача после операции президента Рейгана, раненного Джоном Хинкли. Кадры похорон Буша — это кадры из кинохроники похорон Рональда Рейгана. Надгробная речь бушевского вице-президента Дика Чейни, ставшего президентом, — это речь Чейни у гроба Рейгана. Интервью, взятые журналистами, — это интервью с американцами после покушения Хинкли на Рейгана.

«Правдоподобность» фильма «Убийство президента» вызвала негодование многих. Сошлюсь только на одного зрителя. «Гадкий фильм. Абсолютно возмутительный. Я больна лишь от мысли, что кому-то даже может прийти в голову идея заработать на такой мерзости», — сказала сенатор от штата Нью-Йорк Хиллари Клинтон газете «The Journal News», издающейся в Рокленде (штат Нью-Йорк).

Джордж Уокер Буш, избранный президентом в 2000 году, не умер. Не умер вопреки проклятию Текумсе. Может быть, истёк срок проклятия? Или все-таки ещё рано ставить точку?

2020:
?

Вас встретят Гаррисон, Текумсе и Пророк

В 1934 году 20-летний Дэниел Бурстин окончил с отличием Гарвардский университет по специальности английская история и английская литература и заслужил стипендию Родса для учёбы в Оксфордском университете. Первым собеседником Бурстина в Оксфорде был профессор английской истории, и молодой американец сказал ему с места в карьер, что хочет изучать право, и американская история интересует его не меньше английской. «Вы правы, решив изучать юриспруденцию,— сказал профессор.— Что же касается американской истории, то таковой не существует».

Бурстин не согласился. Хотя он покинул Оксфорд с дипломом бакалавра права, а затем получил в Йельском университете докторскую степень правоведа, но прославился не как юрист, а как историк — специалист по американской истории. Автор более чем двадцати книг, Бурстин преподавал американскую историю во многих университетах, в том числе в Кембридже; был директором Национального музея американской истории при Смитсоновском институте и директором Библиотеки Конгресса США. Бурстин, разумеется, знал, что история

Соединённых Штатов — даже если вести отсчёт с начала XVII века, когда выходцы из Англии основали первые поселения в Северной Америке, сначала в Виргинии (1607 год), а затем в Массачусетсе (1620),— это история ничто в сравнении с английской. Однако история Соединённых Штатов — самая молодая в сравнении не только с историей Англии, но и многих других стран, заслуживает, не сомневался Бурстин, пристального внимания и изучения. Потому что Америка, как проповедовал Джон Уинтроп, это — «Град на Холме», страна исключительная, каких больше существует.

В этом же не сомневаются миллионы американцев, влюблённых в свою страну и её историю. Они стараются, по мере сил и возможностей, сохранить в памяти потомков факты и события истории своей молодой страны. Какие-то из этих фактов и событий столь незначительны по масштабам,— если иметь в виду английскую историю, или французскую, или российскую, не говоря уже об Израиле, Китае и Греции,— что не должны были бы привлекать внимания. Но американцам интересна любая «мелочь». Не удивительно поэтому, что в Соединённых Штатах несколько десятков тысяч музеев, в той или иной степени связанных с историей — историей штата, историей округа, историей города или городка, или с историей какого-либо места, ставшего значимым благодаря событию, которое давным-давно исчезло из памяти абсолютного большинства соотечественников.

В городе Уэст-Лафейетт находятся два из трёхсот тридцати шести музеев штата Индиана: парк Профетстаун и расположенный по соседству Музей сражения при Типпекану. Владелец парка — правительство штата. Парк раскинулся на 960 акрах при впадении реки Типпекану в реку Вабаш. Здесь в 1808 году вождь индейцев народа шоуни Текумсе и его младший брат Тенскватава (Пророк) основали поселение Профетстаун. Это поселение, как знает читатель, было в ноябре 1811 года сожжено дотла американцами, тысячным отрядом которых командовал губернатор территории Индиана Уильям Генри Гаррисон. Создатели парка постарались воспроизвести поселение индейцев таким, каким оно было. Сделали они это мастерски.

Когда попадаешь в Профетстаун сегодня, на границе второго и третьего десятилетий XXI века, невольно ощущаешь себя современником вождя Текумсе. Но такого ощущения нет в Музее сражения при Типпекану. На 95-акровой территории музея возвышается 85-футовый (29 метров) мраморный обелиск. Он установлен 7 ноября 1908 года — в 97-ю годовщину сражения при Типпекану — в память исключительно американцев, убитых и раненых в этом сражении. Потери индейцев авторы памятника «не заметили», о чём следует сожалеть. Но вот в самом Музее нашлось место не только Гаррисону, но и Текумсе и Пророку, который ослушался убедительного совета старшего брата держаться от бледнолицых подальше. Ослушался, и после короткого сражения при Типпекану Профетстаун был сожжён.

Создатели Музея считают, что сражение при Типпекану явилось прелюдией англо-американской войны, вошедшей в историю как война 1812 года, хотя продолжалась она до января 1815-го. Индейцы шоуни во главе с Текумсе сражались на стороне англичан, и в одной из схваток с американской армией ставший ещё при жизни легендарным вождь был убит. Командовал американской армией генерал Гаррисон — тот, что выиграл сражение при Типпекану.

На посетителей Музея смотрят с портретов генерал Гаррисон, избранный спустя десятилетия, в 1840 году, президентом США, вождь Текумсе и Пророк. Экскурсовод не забудет напомнить слова младшего брата Текумсе, сказанные им в 1836 году, когда Гаррисон впервые баллотировался в президенты:

«Гаррисон не победит в этом году и не станет Великим Вождём. Но он может выиграть в следующий раз. И если выиграет, не закончит правление. Он умрёт на своём посту... А когда он умрёт, вы вспомните смерть моего брата Текумсе... И после него умрёт каждый Великий Вождь, выбранный через 20 лет. И каждый раз, когда Великий Вождь будет умирать, пусть все вспомнят гибель нашего народа!»

Заключение

О себе и тех, кому я обязан

Я влюбился в Америку в ранние студенческие годы. Тогда я, конечно, и подумать не мог, что бо́льшую часть жизни — теперь уже бо́льшую — эта страна станет моей страной. Полюбил же я Америку благодаря джазу, Хемингуэю и баскетболу. Именно в таком порядке. Но со временем на первое место вышел баскетбол.

Сначала я писал о баскетболе в ленинградскую газету «Смена», затем — в «Советский спорт» и в издававшиеся в Москве спортивные журналы. Журнал «Спортивные игры» часто печатал мои заметки об американском баскетболе — студенческом и профессиональном. Материал для этих статей я находил в журнале «Sports Illustrated», который был в открытом доступе в ленинградской Публичной библиотеке и в библиотеке Института физкультуры имени Лесгафта. И читая об американском спорте — не только о баскетболе,— я постоянно натыкался на команды, названия которых ставили меня в тупик.

Не представляло, конечно, труда сообразить, почему филадельфийская баскетбольная команда названа «Филадельфия-76». Худо-бедно, но я всё-таки знал, что в 1776 году американцы провозгласили в Филадельфии

Декларацию Независимости. Но почему нью-йоркская баскетбольная команда называется «Никербокерс» — «Никербокеры»? Почему команда по американскому футболу называется «Сан-Франциско-49»? Чтобы докопаться до сути этих названий, следовало покопаться в американской истории. Так зарождался интерес к истории Америки.

В первые годы американской жизни было не до истории. Требовалось обустроиться. Поездки по стране я начал с Бостона, где работал мой брат-близнец. А знакомство с этим городом начал, конечно, с Фанейл-холла, который Дэниел Уэбстер назвал «колыбелью американской свободы». Я ничем не отличался от обычного туриста и был далёк от профессионального интереса к американской истории. Отсчёт такого интереса я веду с сентябрьской недели 1994 года, которую провёл с женой в Род-Айленде.

Род-Айленд пропитан американской историей не меньше Бостона, и есть в этом штате город, где должен побывать каждый интересующийся колониальным периодом в истории Соединённых Штатов. Это — Ньюпорт. Город стал, как и штат, прибежищем для представителей всех преследуемых религий и вероисповеданий. Сюда бежали квакеры, баптисты. В 1658 году в Ньюпорте — в то время крупнейшем городе Род-Айленда — поселились 15 еврейских семей, бежавших от испанской и португальской инквизиции. Они планировали осесть в Новом Амстердаме, как в то время назывался Нью-Йорк. Но тогдашние правители города, голландцы, отказали им в убежище, а Ньюпорт принял. В 1763 году кантор Исаак Туро построил в Ньюпорте синагогу. Ныне синагога Туро — старейшая в Соединённых Штатах. Вскоре после избрания Джорджа Вашингтона президентом ньюпортский раввин Мозес Сейксас написал ему письмо с пожеланием руководить страной на благо американцев всех вероисповеданий. Вашингтон побывал в Ньюпорте. 17 августа 1790 года он адресовал письмо еврейской общине Ньюпорта. В частности, писал: «Джентльмены! Получив с большим удовлетворением ваше письмо, преисполненное выражениями преданности и уважения, я счастлив возможности ответить, что всегда храню благодарную память о сердечном приёме, который я испытал во время моего визита в Ньюпорт от всех классов граждан... Не соответствовало бы прямоте моего характера, если бы я не отметил, что польщён вашей благосклонной оценкой моего правительства и искренними пожеланиями моего процветания. Пусть же потомки сынов Авраама, обитающие в этой стране, продолжают ощущать добрую волю всех жителей...»

С посещения синагоги Туро в сентябре 1994 года я веду отсчёт своего профессионального интереса к американской истории. В первое время в центре моего внимания была колониальная и революционная история трёх штатов Новой Англии — Массачусетса, Род-Айленда и Коннектикута. Летом 1997 года произошла переориентация: Гражданская война и Реконструкция. К переориентации подтолкнула неделя, проведённая с женой в виргинском городке Маунт-Джексон, расположенном в долине Шенандоа на восточных отрогах Аппалачей.

Долина Шенандоа — ныне национальный парк. Долина ограничена с запада Аппалачами, а с востока — горным хребтом Блю-Ридж (по нему проходит дорога удивительной красоты, особенно в пору золотой осени). Ширина долины — около 25 миль (40 км), длина — 150 миль

(240 км). В течение почти двух столетий — с конца XVII до начала второй половины XIX веков — долина Шенандоа была житницей (breadbasket) Виргинии, сначала колониальной, а затем штата. Во время Гражданской войны это был оплот конфедератов. Отсюда генерал Томас Джексон («Каменная стена») наносил удары по армии северян. Здесь чувствовали себя хозяевами рейнджеры конной бригады Джона Мосби, совершавшие рейды по тылам северян. Осенью 1864 года армия генерала северян Филипа Шеридана прошлась по Шенандоа огнём и мечом, применяя тактику выжженной земли. Потомки конфедератов не забыли об этом по сей день. В их сердцах живёт неприятие янки — выходцев с Севера. Не раз и не два местные жители обращали внимание на мою машину с нью-джерсийским номером. В одном из антикварных магазинчиков, каких сотни в Шенандоа, я обратил внимание старичка-хозяина на выставленную картину: генерал Улисс Грант опустился на колено перед генералом Робертом Ли и передаёт ему свою саблю, сдаётся. «Дело обстояло несколько иначе»,— блеснул я эрудицией. Старичок взглянул на меня подозрительно: «Янки?»

Маунт-Джексон (назван именем не генерала Томаса Джексона, а именем генерала Эндрю Джексона, разбившего англичан под Новым Орлеаном в 1815 году) был нашим ночлегом. Мы ездили по городкам и местечкам долины Шенандоа, и с каждым днём рос мой интерес к истории как долины, так и всей Виргинии. Я заболел Виргинией, а затем — южными штатами. Отныне во время отпусков мы с женой колесили по этим штатам и постоянно убеждались в южном гостеприимстве (southern hospitality), радушии жителей Виргинии, Джорджии, Южной и Северной

Каролин, Луизианы. И когда наступило время решать, где жить в пенсионные годы, мы выбрали — и не ошиблись — местечко поблизости от Эшвилла, города на западе Северной Каролины, на склонах Блю-Ридж. Горы названы Синими не ради красного словца. Они действительно синие. Это хорошо видит каждый, кто катит в машине перед заходом солнца по федеральному хайвею номер 81, проложенному в долине Шенандоа вдоль Блю-Ридж.

У меня часто спрашивают, не скучаю ли я в своей «деревне». Если скучаю, то только по Нью-Йоркскому историческому обществу. Я бывал в нём не реже одного раза в месяц, обычно чаще. Это редкий по коллекции экспонатов музей. Выставки уникальные. И члены Общества имеют возможность встречаться с историками, которых знает вся читающая Америка. Здесь я встречался с Роном Черноу (автор биографий Джона Рокфеллера, Александра Гамильтона, Джорджа Вашингтона и Улисса Гранта) и Ричардом Брукхайзером (автор более чем десяти книг). Я благодарен им и их коллегам за укрепление моей любви к американской истории и за постоянное не проходящее желание узнавать каждый день что-то новое.

И мне повезло с газетами, журналами, радио, с которыми я сотрудничал или продолжаю сотрудничать. Точнее — повезло с владельцами этих СМИ. Ни один из них никогда не навязывал мне какую-либо тему и не браковал написанное из-за полного пренебрежения политкорректностью. Я не называю моих боссов (бывших и настоящих) по имени. Но назову коллегу, который был и боссом, и соавтором, и, бывало, жёстким критиком: Виктор Топаллер, ушедший, увы, из жизни. Он работал в Нью-Йорке на телевидении и предложил мне (я уже жил в районе Эшвилла) писать сценарии для еженедельной 30-минутной передачи цикла «Американский ликбез». Я согласился, и мне пришлось докапываться до таких пластов, как история иммиграции из Российский империи, мифы американской истории, жизнеописание первых леди — от Марты Вашингтон до Лоры Буш...

В течение трёх десятилетий моим ежедневным помощником была моя жена Люда Шакова. За годы журналистской работы я имел дело с десятками редакторов. Были всякие, в том числе хорошие и очень хорошие. Люда — наилучший. И она не только прекрасный редактор, но и верный спутник в жизни. Она жертвовала своими интересами ради моего пристрастия к американской истории. Ей хотелось провести неделю отпуска на берегах Сены, а меня влекли берега Миссисипи — места Марка Твена, и она ехала со мной. Ей хотелось побывать в Лондоне, а мне — в Калифорнии, в местах «золотой лихорадки» конца 40-х годов XIX века, и она ехала со мной. В начале 2007 года мы наметили тур по Голландии и Бельгии, но летом этого года исполнялось 400-летие основания Джеймстауна — первого постоянного поселения англичан в Северной Америке, и мне хотелось побывать там, где был Джеймстаун. Люда поехала, конечно, со мной. Жизни было угодно, чтобы её настигла та же болезнь, что и Рональда Рейгана. Я остался без постоянной спутницы и лучшего в моей жизни редактора. Рукопись этой книги прочитал и внёс редакторскую правку мой друг Александр Матлин, инженер и, по совместительству, автор замечательных рассказов, хотя теперь уже без всякого совместительства. Я глубоко благодарен ему. Если в книге есть фактические ошибки, то виноват только я.

Я в неоплатном долгу перед друзьями, соседями — северокаролинцами. Люда и я переехали в район Эшвилла во многом потому, что здесь уже обитали Александр и Людмила Окуни, перебравшиеся сюда двумя годами ранее. Мы живём в пяти милях друг от друга, нас разделяет горка. Их дом — это музей, что неудивительно, ибо Саша — театральный художник. Какого масштаба художник Александр Окунь? Театральный режиссёр и продюсер Харольд Принц, работавший на Бродвее шесть десятилетий и заслуживший более двадцати премий «Тони», сотрудничал с десятками художников. В автобиографии он назвал нескольких, в их числе — Александра Окуня. Болезнь Люды не выбила меня из рабочей колеи, потому что, когда требовалась помощь, Саша или Люся всегда были рядом с больной. Не будь их, не было бы этой книги.

Я не могу не назвать тех, благодаря кому любовь к книгам и ежедневное желание познавать новое всегда сопровождают меня. Это — моя мама Александра Орлова и её сестра, моя вторая мать, Мария Шнеерсон. Мама была музыковедом, автором биографий Чайковского, Мусоргского, Глинки, Римского-Корсакова. Её книга «Tchaikovsky. A Self-Portrait» вышла в 1990 году в издательстве Oxford University Press, вызвав бурную реакцию в музыкальном мире, поскольку опровергает официальную версию смерти Чайковского. Официальная — смерть от холеры. Мама доказывает, что Чайковский покончил жизнь самоубийством. Мария Шнеерсон была литературным критиком, она — автор статей о творчестве писателей XX века. В 1984 году издательство «Посев» опубликовало её книгу о творчестве Солженицына. В 1991 году журнал «Грани» (№ 160) напечатал её статью «Два романа

Василия Гроссмана»: о произведениях «За правое дело» и «Жизнь и судьба». Сколько я помню маму и тётю, они были либо с книгой, либо за работой.

В далёкие допенсионные годы мы с братом как-то говорили, чем будем заниматься на пенсии. «Перестану работать на дядю, начну на себя»,— сказал брат, инженер по коммуникациям. «Никакой работы. Буду отдыхать»,— сказал я. Брат взглянул на меня: «Не пори чушь! Ты всегда будешь работать!» Он оказался прав — в отношении меня. Сам не дожил даже до пенсии.

Перед тем как поставить точку, скажу очевидное: созданием этой книги я обязан Америке и её истории. В американской истории мне интересно всё. И, конечно же, меня не может не волновать судьба победителя президентских выборов 2020 года.

Список иллюстраций

Стр. 12: Текумсе, вождь народа шоуни. Author: Jacques Reich. Public Domain.

Стр. 15: Смерть Текумсе. Author: Nathaniel Currier. Library of Congress. Public Domain.

Стр. 21: Эндрю Джексон. Author: Ralph Eleaser Whiteside Earl. Public Domain.

Стр. 33: Уильям Генри Гаррисон. Author: James Lambdin. Public Domain.

Стр. 38: Авраам Линкольн. Author: Alexander Gardner. Library of Congress. Public Domain.

Стр. 43: Убийство Авраама Линкольна. Рисунок Александра Окуня.

Стр. 52: Эндрю Джонсон. Author: Mathew Brady. Public Domain.

Стр. 64: Джеймс Гарфилд. Author unknown. Public Domain.

Стр. 70: Уильям Мак-Кинли. Author unknown. Public Domain.

Стр. 81: Уоррен Хардинг. Author: Harris & Ewing. Public Domain.

Стр. 94: Франклин Делано Рузвельт. Author: Vincenzo Laviosa. Public Domain.

Стр. 118: Гарри Трумэн. Author: Greta Kempton. Public Domain.

Стр. 121: Генри Уоллес. Author: D. N. Townsend. Library of Congress. Public Domain.

Стр. 128: Джон Кеннеди. Author: White House Press Office. Public Domain.

Стр. 147: Рональд Рейган. Author unknown. Public Domain.

Стр. 164: Джордж Буш. Author: Eric Draper. White House. Public Domain.

Краткая библиография

Barron J. *Operation SOLO: The FBI's Man in the Kremlin.* Washington: Regnery Publishing, 1996.

Benedict M. L. *The Impeachment and Trial of Andrew Johnson.* New York: W. W. Norton & Company, 1973.

Brands H. W. *Andrew Jackson: His Life and Times.* New York: Doubleday, 2005.

Bugliosi V. *Reclaiming History: The Assassination of President John F. Kennedy.* New York: W. W. Norton & Company, 2007.

Collins G. *William Henry Harrison.* New York: Times Books, 2012.

Cuver J. C., Hyde J. *American Dreamer: The Life and Times of Henry A. Wallace.* New York: W. W. Norton & Company, 2000.

Daniels J. *The Time Between the Wars.* New York: Doubleday, 1966.

DeGregorio W. A. *The Complete Book of U. S. Presidents.* Fort Lee, NJ: Barricade Books, 2018.

Edmunds R. D. *Tecunseh and the Quest for Indian Leadership.* New York: Pearson Longman, 2007.

Flynn J. T. *The Roosevelt Myth.* San Francisco: Fox &Wilkes, 1998.

Foner E. *The Second Founding: How the Civil War and Reconstruction Remade the Constitution.* NewYork: W. W. Norton and Company, 2019.

Fuhrman M. *A Simple Act of Murder. November 22, 1963.* New York: HarperCollins, 2006.

Garraty J. A. *The new deal, national socialism, and the great depression.* The American historical review.— Oxford: Oxford University Press, Vol. 78.1973, 4, p. 907–944.

Goldberg J. *Liberal Fascism: The Secret History of the American Left from Mussolini to the Politics of Meaning.* New York: Doubleday, 2007.

Goodwin D. K. *Team of Rivals: The Political Genius of Abraham Lincoln.* New York: Simon & Schuster, 2005.

Gornick V. *Emma Goldman: Revolution as a Way of Life.* New Haven: Yale University Press, 2011.

Grant J. *The Forgotten Depression: 1921, The Crash That Cured Itself.* New York: Simon & Schuster, 2014.

Hersh S. M. *The Dark Side of Camelot.* New York: Little, Brown and Company, 1997.

Holt M. F. *The Rise and Fall of the American Whig Party: Jacksonian Politics and Onset of the Civil War.* New York, Oxford: Oxford University Press, 1999.

Howe D. W. *The Political Culture of the American Whigs.* Chicago: The University of Chicago Press, 1979.

Kinzer S. *The True Flag: Theodore Roosevelt, Mark Twain, and the Birth of American Empire.* New York; Henry Holt and Company, 2017.

Klein E. *The Kennedy Curse: Why America's First Family Has Been Haunted by Tragedy 150 Years.* New York: St. Martin's Press, 2003.

Lind M. *What Lincoln Believed; The Values and Convictions of America's Greatest President.* New York: Doubleday, 2004.

Magness P. W., Page S. N. *Colonization after Emancipation: Lincoln and the Movement for Black Resettlement.* University of Missouri Press, 2011.

McCullough D. *The Pioneers: The Heroic Story of the Settlers Who Brought the American Ideal West.* New York: Simon & Schuster, 2019.

Merry R. W. *President McKinley: Architect of the American Century.* New York: Simon & Schuster, 2017.

Millard C. *Destiny of the Republic: a Take of Madness, Medicine, and the Murder of a President.* New York: Doubleday, 2011.

O'Brien P. P. *The Second Most Powerful Man in the World: The Life of Admiral William D. Leahy, Roosevelt's Chief of Staff.* New York: Dutton, 2019.

Owens R. M. Mr. *Jefferson's Hammer: William Henry Harrison and the Origins of American Indian Policy.* University of Oklahoma Press; Norman 2007.

Reagan N. *My Turn; The Memoirs of Nancy Reagan.* New York: Dell Publishing, 1989.

Reagan R. *An American Life.* New York: Simon and Schuster, 1990.

Regan D. T. *For the Record: From Wall Street to Washington.* New York: St. Martin's Press, 1989.

Robenalt J. D. *The Harding Affair: Love and Espionage during the Great War.* New York: Palgrave Macmillan, 2009.

Rove K. *The Triumph of William McKinley: Why the Election of 1896 Still Matters.* New York: Simon & Schuster, 2015.

Schivelbusch W. *Three New Deals: Reflections on Roosevelt's America, Mussolini's Italy, and Hitler's Germany, 1933–1939.* New York: Henry Holt and Company, 2006.

Shlaes A. *The Forgotten Man: A New History of the Great Depression.* New York: HarperCollins, 2007.

Simpson B. D. *The Reconstruction Presidents.* Lawrence, Ka: University Press of Kansas, 1998.

Sullivan M. J. *Presidential Passions: The Love Affairs of America's Presidents: From Washington and Jefferson to Kennedy and Johnson.* New York; Shapolsky Publishers, 1991.

Tzouliadis T. *The Forsaken: An American Tragedy in Stalin's Russia.* New York: The Penguin Press, 2008.

Van Metter J. R. *Tippecanoe and Tyler Too: Famous Slogans and Catchphrases in American History.* Chicago: The University of Chicago Press, 2008.

Wallace H. A. *Toward World Peace.* New York: Reynal & Hitchcock, 1948.

Де Токвиль, Алексис. *Демократия в Америке* (перевод с французского). Москва: Издательская группа «Прогресс», 1992.

Бурстин Д. *Американцы: Колониальный опыт* (перевод с английского). Москва: Издательская группа «Прогресс», 1993.

Бурстин Д. *Американцы: Национальный опыт* (перевод с английского). Москва: Издательская группа «Прогресс», 1993.

Бурстин Д. *Американцы: Демократический опыт* (перевод с английского). Москва: Издательская группа «Прогресс», 1993.

Lightning Source UK Ltd.
Milton Keynes UK
UKHW020628310520
364100UK00003B/482